KB000767

꽃 피는
화창한 봄날,
바다를
마주하고 서서

面朝大海, 春暖花開(海子詩選集)
編者：譚五昌
Copyright ⓒ 2008年 一月 第一版 by 江蘇文藝出版社
All rights reserved.
Korean Translation Copyright ⓒ 2011 by Geulnurim Publishing Co.

하이즈 시선집

面朝大海, 春暖花開

꽃 피는 화창한 봄날, 바다를 마주하고 서서

하이즈 海子 지음 탄우창 譚五昌 엮음 정동매 鄭冬梅 옮김

모든 강과 산에게 따뜻한 이름을 지어주리라
낯선 이여, 나도 그대를 위해 축복하리라
그대에게 찬란한 내일이 있기를
그대의 사랑이 이루어지기를
그대가 속세에서 행복하기를

글누림

중국이 세계문학계에 바친
세계적 안목을 갖춘 시인

정 동 매(산동대학교 한국어학과)

하이즈[海子]는 1964년 3월 24일 안후이성[安徽省] 화이닝현[怀宁縣] 까오허쩐[高河鎭] 차완촌[査湾村]에서 태어나 어린 시절을 시골에서 보냈다. 하이즈가 태어난 1964년은 갑진년으로 용띠 해였다. 용은 바다에서 생활하기에 하이즈의 어머니는 용처럼 잘 살라는 소망을 담아 하이즈에게 차하이성[査海生]이라는 이름을 지어 주었다고 한다. 우리에게 알려진 하이즈는 그의 필명으로 바다의 아들이라는 뜻이다.

하이즈의 생애에 대해서는 이런저런 설이 존재하는데 하이즈 생애를 다룬 저서[1]와 논문[2]들을 참고로 여기에 그 내

---

1) 許世旭,『中國現代文學論』, 文學文藝社, 1982.
余徐剛,『海子傳』, 江蘇文藝出版社, 2004.
燎原,『海子評傳』, 時代文藝出版社, 2006.
西川,『海子詩全集』, 作家出版社, 2009.
邊建松,『海子詩傳』, 江蘇文藝出版社, 2010.
金松林,『海子詩學新論』, 广西師范大學出版社, 2010.
2) 譚五昌,『海子論』, 北京大學碩士學位論文, 1997.
吳國珍,『海子論』, 安徽大學碩士學位論文, 2004.

용을 정리하여 적고자 한다.

　하이즈의 부친(查振全)은 가정형편이 빈곤하여 재봉일을 배웠다. 그러나 시골의 재봉일은 별로 많지 않았다. 입에 풀칠하기조차 어려웠던 시기에 하이즈의 부진도 여느 농민들과 마찬가지로 행복에 대한 소박한 소망을 품고 있었다. 하이즈의 어머니(操采菊)는 남편에 비해 다소 배움이 있는 여성이었다. 하이즈네 외가가 가정형편이 넉넉한 편이라서 5년 동안 학교에 다녔기 때문이다. 하이즈 어머니의 꿈은 선생님이 되는 것이었는데 사회에 큰 변화가 일어나지 않았더라면 그녀의 꿈은 이루어졌을지도 모른다. 그러나 1950년에 중국정부에서 <중화인민공화국토지개혁법>을 반포하면서 지주들이 소유했던 토지를 몰수하여 농민들에게 나누어 주는 이른바 토지개혁을 실시하였다. 하이즈의 외조부도 이 폭풍에 휘말려 모든 재산을 몰수당하는 바람에 하이즈의 외가는 몰락하고 말았다. 1953년에 하이즈의 부모님은 결혼하여 하이즈 고향 근처에 있는 치먼[祁門]이라는 곳에서 아버지는 재봉일을 하고 어머니는 차[茶]를 만드는 공장에 다녔지만 생활형편은 여전히 가난했다. 거기에서 10년 동안 생활하면서 딸 둘을 낳았지만 큰딸은 2살 때 요절하고 둘째 딸은 태어난 지 하루만에 요절했다. 1962년에 류사오치[劉少奇]가 삼자일포(三自一

　류성준, 「하이즈의 사망갈등과 시의 유토피아 의식」, 『중국 현대시와 시인』, 신아사, 2007. 10.

包)[3] 정책을 제기하면서 중국 사회는 또 획기적인 변화가 일어났다. 인구수에 따라 토지를 분양해 주었기 때문에 하이즈의 할머니는 아들과 며느리도 고향에 돌아와 토지를 분양받을 것을 권했다. 농민들에게는 땅을 소유하는 게 평생 소망이었기 때문이다. 그리하여 하이즈 부모님들은 고향에 돌아가기로 결정하고 하이즈 어머니가 다니는 차 공장을 그만두려고 했지만 공장 측의 반대로 하이즈의 아버지 홀로 고향으로 돌아갔다. 얼마 지나지 않아 하이즈의 어머니는 오빠(操樂瑞)와 야반도주하려고 했지만 들통 나고 말았다. 이리하여 하이즈의 어머니는 산에 붙잡혀가 일하게 되었고 하이즈의 외삼촌은 노동교화소에 들어가 노동을 통한 개조를 선고받았다. 그러나 그 후 노동교화소에서 맞아 억울하게 사망하고 말았다. 이렇게 하이즈의 어머니는 오빠의 원통한 죽음의 대가로 고향에 돌아왔다. 하이즈의 외삼촌은 총명하고 재주가 뛰어났다. 하이즈의 어머니는 하이즈가 외삼촌의 재능을 물려받은 것이라고 이야기하곤 했다. 하이즈의 어머니가 들려

---

3) 삼자일포(三自一包) 정책 : 1962년에 중국의 류사오치[劉少奇]가 제기한 정책으로 중국어로는 '싼쯔이바오'라고 부른다. 마오쩌둥[毛澤東]의 사회주의적 집단경제정책과 노선에 반대해 온 류사오치 등이, 1958년 인민공사 실시 이후 농업생산이 크게 감소되고 3년간 기근이 들자, 농민들의 생산의욕과 경제활동의 적극성을 고취시키기 위하여 이 정책을 제기하였다. 삼자일포의 3자는 3가지의 자(自)를 확대시키고 하나의 청부(請負) 즉, 자류지(自留地)·자유시장(自由市場)·자부영휴(自負盈虧 : 손익을 스스로 책임진다는 뜻) 및 포산도호(包産到戶)로, 생산의 호당 책임제 정책이다.

준 눈물겨운 가족사는 하이즈의 세계관과 가치관 형성에 큰 영향을 미쳤다.

하이즈의 부모님은 결혼한 지 12년이 되는 1964년에야 비로소 맏아들 하이즈를 얻게 되었다. 부모님들은 요행 살아남은 맏아들 하이즈를 하늘이 그들에게 내린 복이라고 생각하며 애지중지 키웠다. 모유가 부족했던 탓인지 하이즈는 태어날 때부터 작고 몸이 약했다. 그래서 하이즈의 아버지는 갈색 설탕을 사다가 하이즈의 배고픔을 달래려고 공소사[4])에 갔다. 하지만 공소사에도 상품이 많지 않았던 시절이라 아무리 사정해도 팔지 않았다. 나중에 하이즈의 아버지는 하이즈를 안고 공소사에 찾아가 담당자에게 작고 야윈 하이즈를 보여주면서 울면서 사정해서야 겨우 갈색 설탕을 사올 수 있었다. 하이즈의 어머니는 시간이 있을 때마다 여기저기에서 신문들을 모아다 어린 하이즈에게 신문 내용을 들려주곤 했다. 어린 하이즈는 비록 어머니가 들려주는 신문의 내용을 다 이해할 수는 없었지만 이는 하이즈에게 최초의 문화 계몽이었던 셈이다. 이러한 것들은 은연중에 하이즈에게 스며들어 훗날 그가 문장을 이해하는 능력에 비범함을 갖추게 되는 중요한 요인이 되었다.

---

4) 시골 공소사는 20세기 1950년대 초에 설립된 것으로, 농민을 비롯한 노동민중을 주체로 형성된 공동소유제 합작경영조직이다. 공소사는 농촌 생산과 생활에 필요한 생산도구, 생활필수품, 농산품, 부업산품을 판매하는 기구였다.

하이즈가 2살이 되던 1966년에 중국대륙에는 문화대혁명의 폭풍이 불어쳤다. 가난하고 낙후한 하이즈의 고향도 이 폭풍의 세례에서 벗어날 수 없었다. 마을사람들은 학교 운동장에 모여 홍위병들의 '최고지시'를 들어야 했고 저녁에는 자신의 인식을 종합하여 '보고해'야 했으며 매일 열리다시피한 투쟁대회에 참여해야 했다. 뿐만 아니라 큰소리로 '모주석 만세'를 외쳐야 했고 '모택동어록(毛澤東語彔)'을 따라 읽고 외워야 했다. 가족 모두가 참여해야 하는 행사였던 것만큼 세상물정을 모르는 2살배기 하이즈도 하루도 빠짐없이 참석해야만 했다.

천재시인이라고 불리는 하이즈는 어릴 때부터 남달리 총명했던 것 같다. 하이즈가 4살이 되던 해에 모택동어록을 외우는 대회가 있었다. 하이즈의 아버지는 어린 하이즈를 가족 대표로 대회에 참석시켰다. 아버지가 손수 만들어 주신 귀여운 옷을 차려입은 어린 하이즈가 아버지 품에 안겨 무대에 오르자 관중석에서는 야유와 조소의 웃음소리가 터져 나왔다. '하룻강아지 호랑이 무서운 줄 모른다'고 하이즈는 긴장하지도 않고 한 조목 한 조목 유창하게 외워내려 갔다. 그리하여 그 대회에서 4살밖에 안 된 하이즈가 단연 1등을 차지하여 신동으로 널리 알려졌다. 하이즈의 총명함은 고향사람들의 칭찬을 받았고, 같은 또래 아이들에게는 공부 잘하는 하이즈가, 아이들과의 놀이에서 우두머리 노릇을 하는 하이즈가 숭배의 대상이었다. 어릴 적부터 항상

들어온 신동이라는 칭호, 아이들과의 놀이에서 언제나 독차지해 온 우두머리 노릇, 한 몸에 받아온 부러움과 선망의 눈빛, 이러한 것들은 하이즈에게 천하를 가슴에 품은 왕자의 패기와 관용적인 심리상태의 정신적 기질을 심어주었다. 이러한 것들은 하이즈의 왕자적 기질을 형성시켜 훗날 그의 시에 왕이라는 단어가 여러 번 등장하게 되었고, 하이즈 역시 왕이라는 이 글자에 매혹되어 있었다.

유년시절을 농촌에서 보낸 하이즈는 고향, 토지, 대자연에 대한 순박한 정감을 갖게 되었고, 어린 시절의 성장 기억들은 그의 시 창작의 원천이 되었다.

하이즈 생애는 15세가 전환점이 된다. 천재적인 두뇌를 가진 하이즈는 15세가 되던 1979년에 우수한 성적으로 베이징대학교 법대에 진학하게 된다. 하이즈는 문학공부를 하고 싶었지만 부모님의 권유로 법대에 입학하게 된 것이다. 이때부터 하이즈는 자신이 자란 농촌생활과 전혀 다른 도시생활을 접하게 된다.

하이즈는 1983년부터 시 창작을 시작한다. 하이즈가 지은 첫 번째 시는 「동방산맥(東方山脉)」과 「농경민족(農耕民族)」이다. 이에 이어서 1984년에는 또 「역사(歷史)」, 「용(龍)」, 「건국악기(巾幗樂器)」, 「구릿빛 아시아(亞洲銅)」 등의 작품을 써냈다. 하이즈는 베이징대학교에서 훗날 깊은 인연이 되어주는 뤄이허[駱一禾]와 시촨[西川]을 만나게 되는데 이들 세 사람의 베이징대학교의 삼검객(三劍客)이라 불려졌다. 뤄이허와 시촨은 하이즈가 죽은 후에 그가 남긴 작품들을 정리해 출판을 해주게 된다.

하이즈는 베이징대학교에서 자기 전공을 열심히 공부하는 것 외에 시간을 내어 많은 책을 읽음으로써 자신의 지식의 폭을 넓혀나갔다. 그중 하이즈는 철학과 문학에 심취해 있었다. 철학적인 면에서 니체, 칼 야스퍼스, 하이데거 이 세 사람의 실존주의 철학은 하이즈의 세계관 형성과 문학 창작에 궁극적인 영향을 끼쳤다. 이들 외에 하이즈의 정신세계에 깊은 영향을 미친 사람으로는 반 고흐와 횔덜린이다. 하이즈는 생전에 반 고흐를 "나의 여윈 형"이라고 부르면서 좋아했고, 횔덜린은 "내가 사랑하는 횔덜린"이라고 하면서 추앙했다. 하이즈는 이들을 숭배하면서 "반 고흐와 횔덜린은 아름다운 자연의 풍경을 사랑하지만 그들이 진정으로 사랑하는 것은 그 풍경 속에 들어있는 영혼과 생명이다"라고 그들의 예술관을 평하고 있다. 이는 그들이 영혼의 눈으로 세상을 바라보았고, 작품을 창작했고, 진실한 삶을 살았음에 대한 공감이다. 하이즈는 그들의 삶과 창작활동을 자신의 삶과 동일시하면서 그들의 삶을 닮으려 했다. 반 고흐와 횔덜린은 고독한 삶을 살았고 사회에 적응하지 못했으며 정신분열증을 갖고 있었다. 결국 반 고흐는 남에게 받아들여지지 못하고 미친 화가라 불린 채 자살로 생을 마감했고, 횔덜린 역시 정신분열증을 앓고 있다가 이 세상을 떠났다. 하이즈의 삶도 스스로 닮고 싶어 했던 이들의 삶과 상당부분 같은 점을 보이고 있다. 편파적이고 강하고 단순한 성격, 그리고 총명함에서 기인된 남들보다 앞선 생각으로 인해 원만한 대인관계를 형성하지 못한 하이즈는 언제나 고독했고 소외되어 있었다. 고독과 빈곤, 그리고 초탈적인 현실의식에 심취해 있던 하이즈는 시단에서 환영 받지 못했고, 그가 쓴 시도 마음껏 발표할 수 있는 장이 없었다. 하이즈가 1983년부터 그 후 9년 동안 남긴 작품은 약 200만자 이상이 된다. 하지만 그 시가 시단에 발표된 것은 쓰촨 지역의 민간시 간행지, 국가간행물, 그리고 뤄이허가 편집을 맡고 있는 『시월(十月)』, 『산서문학(山西文學)』, 『초원(草原)』, 『시선간(詩選刊)』 등 간행물뿐이다. 그 외 안휘의 『시가보(詩歌報)』와 북경의 『시간(詩刊)』 등에 발표된 작품은 겨우 20수에 불과하다.

하이즈는 사랑에서도 현실을 벗어난 자유와 낭만을 꿈꾸었기에 모두 실패하고 말았다. 하이즈와 애인 관계였거나 하이즈의 감정세계에 영향을 끼친 여인은 모두 6명이다. 하이즈의 시에는 사랑시가 80여 수나 되는데, 대부분 이 여인들을 위해 지은 것이다. 작품 속에서 이들은 각각 "B", "P", "A", "S", "H", "L" 등 영어대문자로 불려진다.

"B"의 이름은 란보완[藍波灣]으로 하이즈의 첫사랑이다. 그녀는 하이즈가 중국 정법대학교에서 교수직에 있었을 때의 학생이다. 학자 가문에서 태어난 그녀는 글과 그림에 재능이 있었으며 하이즈와 니체, 헤겔, 단테에 관한 이야기를 나누곤 했다. 그녀는 또한 활발하고 귀여웠으며 그 누구보다도 시인이자 스승인 하이즈를 무척 숭배하며 따랐다. 나중에 그들은 과감히 사생관계를 뛰어넘어 연인이 되었고 이때 하이즈는 그의 짧디 짧은 인생에서 가장 아름답고 가장 즐겁고 영원히 가슴에 간직될 시간을 보냈다. 하이즈는 그녀를 위해 「역사(歷史)」, 「점심(中午)」, 「당신을 축복하는 컵을 묻으며(埋着一只爲你祝福的杯子)」, 「목에 걸려 있는 보살에게(寫給脖子上的菩薩)」, 「종을 치다(打鐘)」 등 많은 시를 써서 그녀를 향한 뜨거운 사랑을 고백했다. 이 기간에 하이즈는 또 「구릿빛 아시아」 등 사람들에게 널리 알려진 유명한 시편들을 써냈다. 이때 하이즈는 또 기공(气功)에 심취되어 있었다. 그리하여 스스로 기공의 무아지경에 이르렀다고 느끼고 있었다. 어느 수업시간에 하이즈는 이 비밀을 학생들에게 누설하고 말았다. 이 소식은 보완의 사촌오빠를 통해 보완의 부모님 귀에까지 전해졌다. 원래부터 하이즈를 가난한 시인이라고 탐탁지 않게 여기면서 교제를 반대하던 보완의 부모들은 이 소식을 듣고는 중국정법대학교에까지 찾아와 헤어지지 않으면 가만두지 않겠다며 난동을 피웠고 나중에는 학교까지 찾아가 압력을 가했다. 이리하여 그들 사이는 갈수록 소원해졌고 나중에는 끝내 헤어지게 되었다. 하이즈와 헤어진 후 보완은 미국으로 유학을 떠났다. 이 실연의 아픔과 고통은 하이즈로 하여금 처음으로 자살충동을 느끼게 했다. 하이즈는 1986년 11월 18일 일기에서 이렇게 쓰고 있다. '나는 며칠 전부터 오늘이 고비가 될 것임을 예견했다. 지금이 내 인생에서 가장 힘들고 고달픈 시기인 것 같다. 2년 동안 키워온 사랑을 잃은 아픔과 슬픔이 멍에처럼 나를 칭칭 동여맨다. 이 2주 동안 죽음의 신이 자주 찾아와 나를 괴롭힌다. 나는 오늘 하마터면 자살할 뻔했다.' 하이즈는 실연의 고통을 달래기 위해 「나는 비가 내리기를 바란다(我請求 : 雨)」, 「혼곡(渾曲)」, 「육체(肉体)」, 「나는 유혹을 느낀다(我感到魅惑)」 등의 시를 썼다.

"P"는 하이즈를 옆에서 지켜보며 오랜 세월 동안 시쓰기를 격려해주고 지지해준 사람이다. "P"의 이름은 "白佩佩"로, 하이즈보다 나이도 많고, 결혼해서 아이까지 있었다. 그녀는 하이즈와 기쁨과 슬픔을 같이 했을 뿐만 아니라 가난한 하이즈에게 많은 물질적 도움도 주었다. 이렇게 이 여인은 하이즈에게 마음의 아늑한 항구가 되어 주었고, 인생의 어둠을 밝혀주는 등대가 되어 주었다. 하이즈의 시적 재능을 높이 산 "P"는 하이즈의 마음속에 맺힌 응어리를 풀어주어 하이즈가 다시금 붓대를 잡을 수 있게 도와주곤 했다. 하이즈는 이렇게 성심껏 도와주는 누나에게 몇 번이나 사랑 고백을 했고 또 그녀를 위해 많은 시를 썼다. 그 중 가장 유명한 것은 「아름다운 백양나무(美麗的白楊樹)」와 「일기(日記)」이다. 그러나 "P"는 필경 이지적인 여인이었다. 그녀는 자신을 향한 하이즈의 사랑을 뻔히 알면서도 그 사랑을 받아 줄 수 없었고, 더욱이 그 사랑을 받아들이기 위해 사랑하는 남편과 아이를 버릴 수 없었다. 그래서 그녀는 하이즈를 만날 때마다 자책했고 언제나 하이즈에게 "화를 냈으며" 누나의 어투로 하이즈에게 시적 상상의 날개를 펼치라고 "강요했다". 훗날 가족들까지 눈치 채게 되자, 그녀는 외계의 압력에 못 이겨 하이즈와의 단독 만남을 가급적 줄이기는 했지만, 하이즈가 죽을 때까지 그의 정신적 지주가 되어 주었다.

"A"의 이름은 "安妮"로, 하이즈를 숭배하면서 시를 무척이나 사랑하는 여인이었다. 하이즈는 "A"에게 시를 가르친 적이 있었다. 그녀는 하이즈를 깊이 사랑하고 있었지만 하이즈가 전혀 눈치 채지 못하자 하는 수없이 베이징에서 대학교를 졸업한 후 고향인 쓰촨[四川]으로 돌아갔다. 하이즈와 "A"의 사랑은 "B"와의 사랑에 금이 생기게 된 후 친구인 뤄이허의 귀띔으로 시작되게 된다. 그러나 초기에 하이즈는 여전히 "B"에 대한 미련을 버리지 못하고 있었다. 하이즈가 마음을 추스르고 "A"를 찾아갔을 때 그녀는 이미 다른 남자의 아내가 되어 있었다. 그러나 하이즈는 결코 포기하지 않았다. "A"는 "B"를 대신하여 그의 가장 소중한 사랑이 되어주었고 하이즈는 "A"와의 결혼까지 꿈꾸고 있었다. 하이즈는 베이징과 쓰촨을 오가며 "A"와의 사랑을 키워갔다. "A"를 향한 하이즈의 사랑은 「큰 바람(大風)」, 「비(雨)」, 「겨울비(冬天的雨)」, 「장미꽃(玫瑰花)」, 「왕관(王冠)」, 「장미화원(玫瑰花園)」, 「5월의 보리밭(五月的麥地)」, 「긴 머리 찰랑대는 아가씨(長髮飛舞的姑娘)」 등의 시를 통해 볼 수 있다. 하이즈와 "A"의 사랑은 나중에 그녀의 가족들에게 발각되어 결국 헤어지고 말았다.

"S"라고 불리는 여인의 이름은 "詩芬"이다. 하이즈가 고독한 원인이 사람들과의 만남이 적고 사회활동이 적기 때문이라고 여긴 청년시인 웨이안[葦岸]이 하이즈를 창평문화센터에 소개시켜주었다. 그리하여 하이즈는 여가시간을 이용하여 문화센터에서 강의를 하게 되었다. 그때 하이즈의 재능에 반한 문화센터 여직원이 있었는데 그가 바로 하이즈와 동갑인 "S"이다. "P"가 하이즈와 "S"와의 사랑이 이루어지기를 간절히 바랐지만 이들의 사랑은 끝내 결실을 맺지 못했다. "S"는 하이즈가 "B"의 사랑을 잃은 후의 마지막 사랑이다. 사려 깊은 그녀는 하이즈를 깊이 사랑하고 있었고 하이즈를 위해 묵묵히 헌신하고 있었다. 그런데 그녀에게는 시적 감흥이 없었고 하이즈는 그녀의 이런 점을 싫어했다. 하이즈도 자신에 대한 "S"의 사랑을 받아들이기 위해 백방으로 노력하면서 그녀를 위해 「S에게 바치는 시(獻詩-給S)」, 「불행(不幸)」 등을 썼다. 그러나 그때 하이즈는 쓰촨의 "A"와 교제 중이었고, 또 하이즈가 장시(長詩) 창작에 모든 심혈을 기울이고 있었던 터라 그들의 사랑은 이루어질 수가 없었다. "S"가 하이즈에게 끼친 영향은 별로 크지 않다.

"H"는 하이즈가 고향에서 같이 자란 소꿉친구로 이름은 "芦花"이다. 하이즈의 어머니가 "우리집 며느리가 됐어야

할 아가씨"라고까지 한 이 여인은 하이즈가 베이징대학교에 진학하기 전까지 양가 부모님들이 당연히 맺어질 것이라고 생각했던 여인이다. 그러나 하이즈가 베이징에 남아서 일하게 되자 "H"도 다른 사람에게 시집갔다. 하이즈는 고향에 돌아갈 때마다 "H"를 만나곤 했는데 하이즈의 마음속에 지고지순한 사랑의 대명사로 남아 있었던 것 같다. 하이즈는 다음 생애에는 꼭 그녀와 결혼할 거라고 하면서 그녀를 위해 「마을(村庄)」, 「여자애(女孩子)」 등의 시를 썼다.

앞에서 언급한 여인들이 인간의 모습으로 하이즈에게 다가왔다면 "L"은 하이즈의 마음속에 신의 형상으로 자리매김하고 있는 여인이다. 이 여인의 이름은 "李華"로, 하이즈가 가장 높이 사는 중국 시인 중의 한 사람이기도 하다. 하이즈는 티베트 문화를 숭배하면서, "L"이야말로 티베트 문화를 대표할 수 있는 대표적 시인이라고 생각하고 있었다. 하이즈는 "L" 앞에서 무릎을 꿇고 "L"의 방에서 하룻밤만 머물 수 있게 해달라고 애원한 적도 있다고 한다. 하이즈는 그렇게 함으로써 "심행합일(心行合一)"을 이루고 했지만 그녀에게 비참하게 거절당했다. 하이즈와 "L"의 직접적인 만남은 그 한 번뿐이었다. 하이즈는 그녀를 위해 「검은 날개(黑翅膀)」, 「나는 초원의 하늘을 날고 있다(我飛遍草原的天空)」 등의 시를 썼다.

하이즈의 슬프고 굴곡적이고 눈물겨운 사랑은 이렇게 모두 실패로 끝나고 말았다. 사랑의 실패, 경제적인 빈곤, 인간관계의 적막과 고독은 하이즈가 죽음을 맞이할 때까지 계속되었다. 하이즈가 꿈꾸는 이상과 현실은 너무나도 거리가 멀었고 그의 이상적 세계는 실현 가능성이 전혀 없었던 것이다. 하이즈는 결국 1989년 3월 26일 황혼 무렵에 25살의 젊은 나이에 산해관(山海關) 기차 레일에 누워 자살하는 것으로 생을 마감한다. 이때 하이즈의 손에는 4권의 책과 유서(7번째 유서) 한 통이 들려져 있었다. 그 4권의 책은 「신구약성서」, 소로(梭羅)의 「월든(瓦爾登湖)」, 헤위에르달(海雅達爾)의 「콘 티키(孤筏重洋)」, 「콘래드 소설(康拉德小說)」이다. 유서의 내용은 다음과 같다.

> 나의 이름은 차하이성(査海生)으로 중국정법대학교 철학학과 교사이다. 나의 자살은 그 누구와도 관계가 없으며, 내가 전에 썼던 유서들은 효력이 없음을 밝힌다. 나의 시 원고는 「시월(十月)」 잡지사의 뤄이허(駱一禾)에게 전해주기 바란다.
>
> 하이즈, 89. 3

하이즈가 자살한 후 그 원인에 대해 의론이 분분한데, 생전에 하이즈의 절친한 친구이자, 하이즈가 자살한 후 그의 시를 모아 시전집까지 출간해준 시촨의 「사망후기(死亡后記)」를 근거로 그 자살 원인을 추정해보면 다음과 같다.

첫 번째 : 자살에 대한 동경, 하이즈는 언제나 자살의 잠재의식을 갖고 있었으며 그는 1986년에 자살미수에 그친

적이 있다. 하이즈는 많은 작품들에서 죽음과 자살이라는 테마를 다루고 있는데, 선혈, 두개골, 시체 등 폭력적인 언어들도 서슴없이 사용하고 있다. 하이즈는 심지어 친구들에게 구체적인 자살 방법에 대한 조언을 구한 적도 있다고 한다. 하이즈는 "천재는 단명한다"고 말하면서 죽음 이미지, 죽음에 대한 환상, 죽음이라는 이 화제 속에 너무 깊이 빠져 있었다.

두 번째 : 성격적인 원인, 하이즈는 단순하고, 순박하며, 외골수이고, 고집스럽고 민감하고 예민한 성격의 소유자였다. 게다가 결벽증이 있고 감상적이기까지 해서 스스로 고통 속에서 헤어 나오지 못했고 이상적 사랑에 집착하면서 미련을 버리지 못했다.

세 번째 : 생활 방식, 하이즈의 생활은 상당히 폐쇄적이었다. 고독하고 소외되고 지겨운 일상은 하이즈를 세간의 따뜻한 정감과 생활의 즐거움에서 점점 멀어지게 만들었고, 원만하지 않은 대인관계로 인해 슬프거나 어려움에 처했을 때 그를 붙들어줄 인맥이 없었다.

네 번째 : 명예 문제, 모든 중국 현대 시인들이 그랬듯이, 하이즈도 두 가지 현실의 벽에 부딪쳤다. 하나는 사회 일부 사람들의 시인에 대한 불신임 및 고전문학을 고집하는 보수파들이 선봉(先鋒)문학에 대한 저항이다. 이것은 문학 분야의 문제가 아니라 정치적인 문제에 속하는 것이라 할 수 있다. 다른 하나는 선봉문학 내부의 모순이다. 그들은 서로

신임하지 않고, 서로 이해하려 하지 않고, 서로 배척하면서 상대에게 상처를 주었는데, 하이즈도 심심찮게 비방과 공격을 받아 왔다. 또한 하이즈의 시는 생전에 인정을 받지 못했고, 시작품을 시간(詩刊)에 발표하는 것소차도 순조롭지 않았다.

다섯 번째 : 기공 문제, 하이즈는 기공을 배우면서 몸에 환청, 환각 등 이상한 반응이 생겼다. 이로 인해 그는 글쓰기에 심각한 영향을 받았고 마음의 안정도 잃게 되었다. 이는 글쓰기를 생명처럼 간주하는 하이즈에게는 치명적인 타격이 아닐 수 없었다.

여섯 번째 : 사랑의 실패, 하이즈의 여의치 못한 사랑은 혹시 하이즈를 자살로 이끈 도화선일지도 모른다. 사랑은 하이즈의 삶과 죽음에 큰 영향을 끼쳤다. 하이즈는 사랑에 빠지면 성격이 활발하고 명랑해졌고, 주위 사람들과 사물을 대하는 태도도 긍정적으로 바뀌었으며, 따라서 시풍(詩風)도 변했다고 한다. 하지만 모든 사랑이 실패로 끝나면서 하이즈를 깊은 절망의 심연에 빠뜨렸다.

일곱 번째 : 글쓰기 방법과 시적 이상, 하이즈는 글쓰기에 몸을 바쳤으며, 글쓰기는 그의 생활의 전부가 되었다. 하이즈는 글쓰기라는 어두운 동굴 속에 빠져 하룻밤에 수백 줄의 시를 써내며 그 속에서 자신의 이상을 찾으려 했다. 그럴수록 그는 점점 그 수렁에 더 깊이 빠져들게 되었고 결국 자신의 정체성을 찾지 못한 채 침몰되고 말았다.

하이즈 자살 이후, "하이즈 신화", "하이즈 현상" 등은 마치 신드롬처럼 중국 시단에 번져나갔다. 그의 죽음을 필두로 하여 거마이[戈麥], 꾸청[顧城], 그리고 그의 친구 뤄이허를 포함한 14명이 넘는 시인들이 차례로 세상을 떠나면서 중국 시단에 엄청난 파장을 일으켰다. 간행물들은 다투어 하이즈의 작품을 게재하였고, "전대미문의 업적을 세웠다"며 그의 작품을 높이 평가하였다. 하이즈의 모교를 비롯한 많은 대학교들에서는 아직도 매해 3월이면 하이즈 작품 낭송회를 열어 그를 기념하고 있다. 그리고 그의 생가도 2008년 8월에 현급(縣級) 중점 문화유산으로 지정되어 많은 관광객들의 발길이 끊이지 않고 있다.

하이즈는 25년이라는 짧은 생애동안 순결하고 깨끗한 마음을 잃지 않았다. 그는 오랜 기간 동안 세상 사람들의 이해를 받지 못했지만 격변하는 중국의 정치, 경제, 문단의 상황 속에서도 자신의 시적 이상을 고집하면서 자신의 생애와 작품을 통해 뜨거운 열정과 격정을 불태운 시인이다. 오늘날의 중국 시단에서 하이즈는 "시가 계의 대표적 인물", "중국이 세계문학계에 바친 세계적 안목을 갖춘 시인"이라는 높은 평가를 받고 있다. 하이즈는 20세기 80년대 후기 신시조의 대표인물로서 중국시단에서 아주 독특하고도 중요한 지위를 차지하고 있다.

차 례

꽃 피는
화창한 봄날,
바다를 마주하고
서서

모든 강과 산에게 따뜻한 이름을 지어주리라
낯선 이여, 나도 그대를 위해 축복하리라
그대에게 찬란한 내일이 있기를
그대의 사랑이 이루어지기를
그대가 속세에서 행복하기를

구릿빛 아시아*

구릿빛 아시아, 구릿빛 아시아
할아버지가 여기서 죽고, 아버지가 여기서 죽고,
나 또한 여기서 죽으리니
너는 사람이 묻힐 유일한 곳

구릿빛 아시아, 구릿빛 아시아
의심하기 좋아하고 날기 좋아하는 건 새요, 모든
걸 침몰시키는 건 바닷물인데
너의 주인은 오히려 푸른 풀, 가냘픈 제 허리에
살면서
들꽃의 손바닥과 비밀을 지키네

구릿빛 아시아, 구릿빛 아시아
보았느냐, 저 비둘기 두 마리를, 저것은 굴원이
백사장에 남기고 간 하얀 신발
우리, 흐르는 강물과 함께 신어 보자

구릿빛 아시아, 구릿빛 아시아

북을 치면, 어둠 속에서 춤추는 심장을 우리는
달이라 부른다
이 달은 너로 만들어진 것이다

▌1984. 10

* 이 시에서 '구릿빛 아시아(亞洲銅)'는 땅을 뜻한다. 아시아의 땅
은 황토가 많아 구릿빛을 띠기 때문에 이렇게 비유한 것이다.

아를의 태양*
—나의 여윈 형에게

남쪽으로 가자
남쪽으로 가자
당신의 피에는 애인도 봄도
달도 없다
빵도 모자란다
친구도 별로 없다
괴로운 아이들뿐이다 모든 것을 삼켜버렸다

나의 여윈 형 반 고흐, 반 고흐여
지하에서 세차게 뿜어 나오는
화산처럼 뒷일을 개의치 않는 것은
삼나무와 보리밭이다
당신은 역시 스스로
남은 생명의 시간을 활용하는구려
사실, 한 눈으로도 세상을 밝힐 수 있는 당신

세 번째 눈마저 쓰려 하다니, 아를의 태양
별이 총총한 하늘을 불태워 거친 강물을 만들고
땅을 불태워 회전케 하고
경련이 이는 노란 손을 추켜들었다. 해바라기
불 속에서 밤을 줍는 사람들을 청해왔다
기독교의 감람원을 그리지 말구려
그리려거든 올리브 수확을 그리든지
세차게 타오르는 불길을 그리구려
하늘에 계시는 하느님 대신
이 세상 생명들을 깨끗이 씻어 주시구려
머리가 빨간 형이여, 베르무트를 마시고 나서
이 불을 지피시구려
태우시구려

▌1984. 4

---

* 아를은 프랑스 남부의 작은 마을이다. 반 고흐는 이 마을에서
  70~80여 폭의 그림을 그렸는데 이때가 반 고흐 창작의 황금
  시기였다. ─하이즈가 단 각주
** 이 인용문은 반 고흐가 동생 테오에게 보낸 편지에서 따온 것
  이다.

신부

고향의 통나무집, 젓가락, 맑은 물 한 동이
그 후의 무수한 나날들
수많은 이별
당신으로 인해 눈부시게 빛나리라

오늘은
아무 말도 하지 않으련다
다른 사람들이 대신 해주겠지
저 먼 강의 뱃사공이 말해줄까
등불
강의 그윽한 눈
반짝인다
저 등불은 오늘 밤 내 방에 머문다

이번 달이 지나면, 문을 연다
어떤 꽃은 높은 나무에 피어 있고
어떤 열매는 깊은 땅속에 맺혀 있다

1984. 7

전생을 그리며

장자가 물에 손을 씻으니
손바닥에 고요가 깃들었다
장자가 물에 몸을 씻으니
몸이 천이 되었다
그 천에 가득 묻어 있다
강에 떠다니는 소리들이

장자가 슬그머니 끼어들어
달 속의 야수를 응시한다
뼈가 조금씩
배꼽 아래위에서
나뭇가지처럼 자라고 있다

내가 장자일지도 모른다
나무껍질을 만져본다
내 몸이
정겹다
정겨우면서도 괴롭다

달이 날 어루만져준다

발가벗은 것 같다
알몸으로
다닌다

어머니는 문처럼 나를 향해 빠끔히 열려 있다

소중한 인간 세상에 살고 있다

소중한 인간 세상에 살고 있다
강한 햇빛
잔잔한 물결
겹겹이 쌓여 있는 흰 구름
나는
풀을 밟고 서 있다
나 자신이 깨끗한 검은 흙덩이인 것 같다

소중한 인간 세상에 살고 있다
흩날리는 흙먼지가
얼굴을 때린다
소중한 인간 세상에 살고 있다
인류와 식물은 똑같이 행복하고
사랑과 빗물도 똑같이 행복하다

1985. 1. 12

집

당신이 아침에
떨어뜨린 첫 이슬방울은
틀림없이 당신 애인과 관련이 있을 게다
당신이 점심에 말에게 물 먹이느라
나무 가장귀 밑에 잠깐 서 있었던 것도
틀림없이 그녀와 관련이 있을 게다
당신이 황혼 속에
꼼짝 않고 방에 앉아 있는 것도
틀림없이 그녀와 관련이 있을 게다
인정해

태양이 사라지고, 흙과 모래가 뒤섞인 광풍이 몰
아친다
비속에서 하늘과 땅이 슬피 울고 있다
사랑의 하우스가 정겹게 앉아
어머니와 아들을 막아준다

당신과 나도 막아준다

▮ 1985

나는 비가 내리기를 바란다

나는 꺼지기를 바란다
무쇠의 빛과 애인의 빛 그리고 햇빛
나는 비 오기를 바란다
나는 바란다
밤에 죽기를

나는 바란다, 당신이 아침에
나를 묻어줄 사람을
만나기를

세월의 흔적이 가없다
가을
나는 바란다 :
비가 한바탕 내려
뼈 속까지 깨끗이 씻어주기를

눈을 감았다
나는 바란다 :

비가 오기를
비는 일생의 실수
비는 슬픔과 기쁨, 이별과 만남

▌1985. 3

종을 울리다

종소리 속에 황제가 연애를 한다
불꽃 속에
황제가 연애를 한다

연애, 적동색 병기의 낙인으로 얼룩진
신비의 산골짜기
새 한 마리가 종을 덮친다
세 장 세 척이나 되는 날개
세 장 세 척이나 되는 화염

종소리 속에 황제가 연애를 한다
종을 울리는 얼굴 누런 사나이
피를 토한다
종을 울린다, 종을 울린다
신비한 생물이
황금빛 왕관을 쓰고
넓은 들 한복판을 걷고 있다

"나는 당신의 애인
나는 당신 적군의 딸
나는 의용군 여 우두머리
구리거울을 마주하고
꿈속에서 몇 번이고 화염을 보았다"
종소리가 바로 그 화염이다
사람들의 포위 속에
고심하던 황제가 연애를 한다

1985. 5

내일 깨면 난
어느 신발 속에 있을까

나는 조심하면서 살아왔다
내 발가락은 열 개
내 손가락도 열 개
태어날 때 울면서 태어났던 것처럼
내가 죽으면 다른 사람들이 울어주겠지
나는 묵묵히 이 세상에
나라는 보따리를 데려왔다
스스로를 사랑하진 않지만
그래도 조심조심 열어 본다

해질 무렵 지구에 앉아 있다
저녁에
지구를 떠나겠다는 말이 아니다 아침에도
지구는 여전히 당신 엉덩이 밑에 있다
굳건히
영원히 죽지 않을 지구여 안녕

나는 나뭇가지였을까
어두운 껍질 속에 잠들었었다
내 머리는 나의 변방
그리고 배(梨)
오늘의 모습 갖추기 전까지
자상한 흰 꽃이었다

내 머리는 고양이였을까
어깨에 놓여 있다
나를 만들어준 여주인은 6월에 멀리 떠났다
햇빛이 큰 고양이, 작은 고양이를 비친다
나의 숨결이
증명하고 있다
나뭇잎이 흩날린다

행복을 포기할 수 없다
그 반대일지도 모른다
나는 고통 속에 살아가면서

행복의 반을 묻어 버렸다
마을 어귀나 산에 와서
사람들을 주시하고 있다
아, 메마른 황토에 인구가 늘었구나

▍1985. 6. 6

마을

마을, 오곡 풍성한 마을에 자리를 잡았다
손가는 대로 잡을 수 있는 물건은 적을수록 좋다!
해질 무렵의 마을, 비 내리는 마을이 소중하다
구름 한 점 없는 하늘은 나의 영원한 슬픔 같다

▌1986

보리밭

보리를 먹고 자랐다
달빛 아래 큰 그릇을 들고 서 있다
그릇에 비친 달과
보리가
침묵을 지키고 있다

너희들과 달리
보리밭을 노래할 제
나는 달을 노래하련다

달빛 아래
밤새도록 보리를 심는 아버지의
몸에 황금빛이 흐른다

달빛 아래
새 열두 마리가
보리밭을 날아 지났다
어떤 새는 보리알을 물고 가고

어떤 새는 바람을 맞받아 날아오르면서, 완강히
부인한다

보리밭을 지키다가 밭머리에서 잠들었다
달이 우물을 비추듯이 내 몸을 비춘다
고향의 바람
고향의 구름
날개를 접고
내 어깨에 잠들었다

보리의 물결—
천국의 탁자가
무연한 들판에 놓여 있다
보리밭 한 떼기

수확의 계절
보리의 물결과 달빛
날카로운 낫을 씻고 있다

달은 알고 있다
때론 내가 흙보다 힘들다는 걸
수줍은 애인이
눈앞에 아른거린다
보리짚

우리는 보리밭의 연인
보리를 수확하던 그날 원수와
화해를 했다
우리는 일을 끝낸 후
눈을 감고, 숙명을
불평 없이 받아들였다

아내들은 흥분하여
흰 앞치마에
손을 닦아댄다

이즈음 달빛이 대지를 두루 비추고 있다

우리는 각자
나일강, 바빌론 그리고 황하의
아이를 데리고, 강 양안에서
벌떼가 춤추는 섬과 평원에서
손을 씻고
식사 준비를 했다

너희를 이렇게 품을 수 있게 해 다오
이렇게 말할 수 있게 해 다오
달은 슬프지 않다
달빛 아래
서있는 두 사람
가난뱅이와 부자

뉴욕과 예루살렘
그리고 나
우리 셋은

꿈에 도시 외곽의 보리밭을 보았다
백양나무에 둘러싸인
싱싱한 보리밭
싱싱한 보리
나를 키워준 보리

▮ 1985. 6

창평에서의 고독

고독은 물고기 광주리
물고기 광주리 속의 샘물
샘물 속에 놓여 있다

고독은 샘물 속에 잠들어 있는 사슴 왕
꿈에 만난 사슴 사냥꾼
물고기 광주리로 물을 긷던 그 사람

다른 고독은
측백나무 배에 타고 있는 두 아들과
딸들, 시경 속 삼마에 둘러싸여
사랑에 실패했다
물고기 광주리 속의 불꽃
물밑에 가라앉았다

기슭으로 끌어올려도 물고기 광주리
고독은 말로 형용할 수 없는 것

▌1986

행복*

—혹여 내 딸 이름이 폴란드(波蘭)일지도 모른다

우리 둘은 초원에서 선탠하면서
이 최초의 행복과 첫 키스를 맛본 걸까?

구름은 보았겠지
너와 나의 입술에
튕기는 신비한 불꽃을

우리 어머니가 준 내 입술
너희 어머니가 준 네 입술
눈을 감고 홀짝인다
무연한 초원의 흰 양떼처럼 홀짝인다

눈을 떴을 때
흩어져 있던 네 머리카락
여명 속의 달 같은 유방

볕 잘 드는 굽은 나뭇가지에
검은 네 머리카락을 말린다

▌1986(?)

* 하이즈는 "波蘭"이라는 단어를 좋아했다. "女儿叫波蘭"이라는 말
은 특별히 가리키는 바가 없다.

8월의 끝자락

데설궂은 나도
붉은 표범과 푸른 표범을 보았다

강물이 졸졸 흐를 때
8월의 샘물이
언덕을 흘러 지났다
달은 붉은 표범
숲은 푸른 표범
소녀는 너희 둘이
낳은 얼룩표범
내가 데설궂어도
소녀야, 숲 속에
숨을 수 없을 것 같구나

8월의 끝자락, 푸른 숲, 붉은 달
머지않아 낙엽이 떨어지겠지
밤나무 아래

등에 메추리를 메고 있는 사람
소녀야, 아무튼
데설궂은 내가
널 발견했다

║ 1986. 8. 20 밤

감동

아침은 꽃사슴
내 이마를 밟는다
세상은 얼마나 아름다운가
동굴 속 들꽃이
내 몸 따라
날 밝을 때까지 타오른다
굴 밖까지 타오른다
세상은 얼마나 아름다운가

밤이면, 그 꽃사슴
주인은, 들어가 있다
깊은 흙 속에, 나무뿌리에 등을 대고
조금씩 움직이고 있다
볼 수 없는 행복
들꽃이 땅속에서
땅위로 타오른다

들꽃이 네 얼굴에 타올라

너에게 화상을 입혔다
세상은 얼마나 아름다운가
아침은 동굴 속의
사람 밟는 꽃사슴

▌1986

육체 1

달콤한 과일 창고에
다람쥐 육체 같은 달콤한 빗물이
하늘을 지난다, 파아란
날개

빛이 주위를 밝게 비친다

내 육체 속에
잠깐 머물다가
내 침대 가에 사뿐히 내려앉았다
내 손이 닿을 수 있는 곳
침대가가 과수원의 따뜻한 마을로 변했다

그들은 나를 들어올렸다
산등성이를 날아 지나는 큰 새
나는 자신을 발견했다
다람쥐 육체 같은
달콤한 빗물

내 육체에 머무른다
잠깐 동안

▌1986. 6

육체 2

육체는 아름답다
육체는 숲 속에
살아 있는 유일한 육체
육체는 아름답다

육체, 다른 보물을 멀리 떠났다
다른 신비한 형제를 멀리 떠났다

육체는 홀로 서서
새와 물고기를 보았다

육체가 강 양안에 잠들어 있다
(비와 숲속의 신부가
강 양안에 잠들어 있다)

곡식이 드리워진 대지
태양과 육체
오르고 내리면서 주위를 눈부시게 비춘다

적막한
명절의
보물과 마을
밝게 비춘다
오직 육체만이 아름답다

들꽃, 태양의 눈부신 딸
강과 우울한 아내는
육체의 도래에 감격한다
영혼을 기탁할 곳이 있음에 감격한다
육체는 들꽃의 거문고
골격을 덮는 술잔
스스로의 무거운 골격에 감격하며
꿈을 꾼다

육체는 강의 꿈
샘물가에서 회향을 뜯는 사람을 보았다

육체는 아름답다
육체는 숲 속의
유일하게 살아 있는 육체
숲 속에 죽어 있다

묘지를 마주한
육체는 아름답다

1986

죽음의 시 1

캄캄한 밤, 웃음소리에 내 무덤 널판자가 끊겼다
너는 알고 있니, 여기에 호랑이가 묻혀 있다는 걸

붉은 호랑이가 강을 건널 때
너의 웃음소리가 강물 위에 떠있는
호랑이의
뼈를 두 대나 부러뜨렸다
웃음소리 가득한 캄캄한 밤에 강이 얼어붙기 시
작하면
다리 부러진 호랑이가 강물에 떠밀려
내 창문 앞에 왔다

호랑이 시체를 덮고 있던 널판자
웃음소리에 두 동강이 났다

죽음의 시 2 : 해바라기를 따다

— 반 고흐에게 바치는 짧은 서사시 : 자살과정

비 내리는 밤 소도둑이
창문으로 기어 들어와
꿈꾸고 있는 내 몸에서
해바라기를 딴다

나는 여전히 깊이 잠들어 있다
잠든 내 몸 위에
노란색 해바라기가 피었다
꽃을 따는 그 손이
해바라기 밭의
아름답고 비둔한 오리 같다

비 내리는 밤 소도둑이
나를 인간의
육체로부터 훔쳐 갔다
나는 여전히 깊이 잠들어 있다
육체 밖으로 끌려 나왔다
해바라기 밖으로, 나는 이 세상

최초의 어미소(죽은 황후)
자신이 아름답게 느껴진다
나는 여전히 깊이 잠들어 있다

비 내리는 밤 소도둑은
이에 너무 기뻐
스스로 다른 얼룩 어미소로 변하여
내 육체 속에서
신나게 뛰어 다닌다

사포에게

꽃밭처럼 아름다운 여성시인들이
서로 사랑하고 있다. 곡식 창고에 앉아
입술로 입술을 딴다

청년들에게서 가끔 전해 듣는다 : 사포

무리 잃은
열쇠 아래의 녹색 거위
같은 이름, 덮었다
나의 잔을

토스카의 아리따운 딸
약초와 여명의 딸
잔은 잡은 자의 딸

들꽃의
이름
쪽빛 얼음덩이에

흘러넘치는 연한 푸른 물빛

사포, 사포여
붉은 색 구름이 머리 위를 감돈다
입술로 날아 지나는 새들을 붉게 물들였다
당신의 향긋한 체취가 배어 있는
신발 끈이 바람에 끊겨
흙속에 놓여 있다

편한 얼굴로 속삭인다
사포, 사포여
나에게 키스를 해 다오

이마를 장식한 시는 얼마나 감미로운가
당신이 잠들어 있는 관목은 아름다운
바둑판 같구려

소로는 속이 산 사람이다

1
소로는 속이 산 사람이다
물고기에게 물, 새에게 날개
구름에게 하늘이 있듯이

2
소로는 다행히 여자가 아니다
소로가 여자였다면
흰 겨울 곰이
뒤뚱뒤뚱 다가와
유방에
입술을 댔을 것이다

3
소로는 속이 산 사람이다
소로 손에는 아무 것도 없다
나무방망이 하나 움켜잡고
그 나무방망이로 날 때린다

호되게 때린다
봄이 날 때리듯이

4
소로는 속이 산 사람이다
호수만 보면 기뻐한다

5
소로는 속이 산 사람이다
새둥지로 우체통을 만들었다
편지 두 통이 동시에 날아와
수많은 작은 편지를 낳았다
깃털이 나풀나풀 춤춘다

6
소로는 속이 산 사람이다
묵묵히 동쪽 창문에 해가 뜨고 서쪽 창문에 해가
지게 하지만

사실 그에게는 창문이 없다

소로는 속이 산 사람이다
묵묵히 남녀 역할을 홀로 감당하고 있다
사실 그의 아들은 그의 다른 모습이다

7
불 밝은 방안
소로의 투구
호메로스의 서사시

소로는 속이 산 사람이다
말(馬) 대신 눈(雪)으로
나를 강 저편에 태워다 준다

8
소로는 속이 산 사람이다
달빛이 그의 코를 비춘다

9
감성적인 코를
그의 머리에
수풀같이 그윽한 눈가에
물 마시는 입술에 갖다 댄다
　　　(더 깊이 마실 수 있기를 바라며)

두뇌가 형성되었다
머리라고도 불린다

10
낮과 밤
희고 검은
얌전한 고양이
당신의 어깨에 기대어 잠들었다
당신은 숲 속의 오솔길에 누워버렸다

침대가 통나무집에서 병들게 하라

소로는 속이 산 사람이다
들꽃이 열매를 맺게 했다

11
소로는 속이 산 사람이다
물고기에게 물, 새에게 날개
구름에게 하늘이 있듯이

소로는
나의 구름, 주변 나라의
구름, 조용히 잠들었다
콩밭 서쪽에
나의 밀짚모자에

12
태양, 내가 심어 놓은
콩, 입술을 가까이 댄다
물을 빼고 강을 건넌다

소로는 속이 산 사람이다

소로의 투구
──호메로스의 서사시

‖ 1986. 8. 15

대자연

제가 가르쳐 드릴게요
그녀는 아름답고 건강한 여자랍니다
푸른색 물고기는 그녀의 물주전자요
그녀가 벗어 놓은 옷이랍니다
그녀는 몸으로 당신을 사랑합니다
민요 속에서 오래도록 사랑할 것입니다

당신은 아래위를 훑어봅니다
가끔 그녀의 몸을 만져도 봅니다
둥근 나무의자에 앉아 키스합니다
잎새는 그녀의 입술입니다
당신은 그녀를 볼 수 없습니다
당신은 여전히 그녀를 볼 수 없습니다

그녀는 먼발치에서 당신을 사랑하고 있습니다

〈진혼곡〉에 담긴 모차르트의 말

내가 만난 여인은
물속의 여인
보리밭에서
내 뼈를 잘 치워 주오
갈대꽃 같은 뼈들을
거문고 상자에 담아 가져와 주오

내가 만난
순결한 여인, 강의
여인
보리밭에 손을 내밀어 주오

내가 희망을 잃고
보릿단에 앉아 집으로 돌아갈 때
어수선히 널려 있는 내 뼈들을 잘 거두어
저 암홍색 작은 나무상자에 담아 가져와 주오
당신들의 풍성한 혼수를 가져오듯이

하이즈 소야곡

예전에 우리는 밤이면 조용히 앉아 있었다
무릎이 목석처럼 굳어버렸다
두 귀를 쫑긋 세웠다
평원을 흘러 지나는 물소리와 시 소리가 들린다
우리의 평원, 밤 그리고 시

지금은 나만 홀로 남았다
무릎이 목석처럼 굳었다
귀를 쫑긋 세웠다
평원을 흘러 지나는 물소리가 들린다
　　시 속의 물
비 내리는 밤
지금 나만 홀로 남아
너를 위해 시를 쓰고 있다
우리의 평원과 물
우리의 밤과 시

누가 그랬던가 바닷물이
곧 떠날 거라고, 여기저기 구경하러

우린 언젠가 이곳에 머물렀었다

▌1986

요곡

1
내 형이거든 손 흔들어 주고
내 형이 아니거든 가던 길 가오

등잔아, 등잔아, 그가 숨겨 놓은 눈 좀 떠 보렴

크고 검은 너의 숲
불안한 너의 말
들꽃꿀이 묻어 있는 너의 입술
너는 대장부─그리고 내 형제

등잔아, 등잔아, 그가 숨겨 놓은 눈 좀 떠 보렴

내 형이거든 손 흔들어 주고
내 형이 아니거든 가던 길 가오

2
흰 비둘기야, 흰 비둘기야

내 머릿수건 좀 묶어 주렴
네 몸이 바람에 흔들리는구나
내 머릿수건이 바람에 펄럭이듯이

흰 비둘기 흰 비둘기야 말하지 마라
아름다운 머리, 작은 태양
밤이면 달이 된다
흰 비둘기야 흰 비둘기야 말하지 마라

3
남풍이 나무에 불어와
열매를 맺었구나
너에게 뽀뽀하려다
열매를 깨물어 버렸다

4
달아 달아 천천히 밝아
나무침대 비춰 주렴

강아 강아 빨리 흘러
내 마음속을 흘러 지나렴

백마가 강을 건너면 강물이 하얘지고
흑마가 강을 건너면 강물이 검어진다네
이 강은
내 마음속의 영원한 강

백마가 강을 건너면 달이 둥글어지고
흑마가 강을 건너면 달이 이지러진다네
이 달은
내 침대머리의 영원한 달

1986. 8

B의 생일에 삼가 바친다*

동 틀 무렵 꿈속에서 너의 생일을 보았다
새끼양이 동쪽으로 굴러가듯
——저 태양이 떠오르는 곳에서

황혼 무렵 꿈속에서 나의 죽음을 보았다
새끼양이 서쪽으로 굴러가듯
——저 태양이 지는 곳에서

가을이 왔다, 모든 것이 잊혀지지 않는다
새끼양 두 마리가 길에서 만났다
태양을 배웅하는 길에서 만나
코와 입술을 부딪쳤다
——따뜻한 그 곳
가을바람이 부는 서늘한 곳
내가 키스했던 곳

▌1986. 9. 10

---

* B는 하이즈의 첫 연인으로, 중국정법대학교 83학번 학생이다.

구름

티벳 마을
신비의 마을
슬픈 마을
길에 쓰러져 있는 너
이씨도 왕씨도 아닌 너
네 남편은
성격이 어떠니
신비의 마을
슬픈 마을
넌 아들을 몇 명 낳았니
어떤 처녀들이 먼 곳으로 시집갔니
신비의 마을
슬픈 마을

풍마기*가 바람에 날릴 때면
인적 없는 적막한 마을 같구나
울긋불긋한 풍마기가 손상 받은 내 머리카락처럼
바람에 날릴 때도

인적 없는 적막한 마을 같구나

장족 사나이가 처마 밑에서 달게 자고 있을 때도
인적 없는 적막한 마을 같구나
주변 토담에 자비로운 불상을 그릴 때에도
인적 없는 적막한 마을 같구나

▌1986. 12. 15

* 티베트 지역의 산이나 강 어귀, 사원이나 민가 등 곳에서
  흔히 볼 수 있는, 경문과 그림이 새겨진 작은 깃발로, 줄에
  매달려 있다.

9월

신들의 죽음을 목격한 초원에 들꽃이 만발하다
멀리서 불어오는 아득한 바람
눈물 없이 흐느끼기만 하는 나의 피아노 소리
이 아득함을 초원에게 돌려주었다
말머리와 말꼬리
눈물 없이 흐느끼기만 하는 나의 피아노 소리

아득한 저 곳에는 죽음 속에만 들꽃이 피어 있다
거울처럼 밝은 달이 초원의 천 년 세월을 비춘다
눈물 없이 흐느끼기만 하는 나의 피아노 소리
홀로 말 타고 초원을 지난다

┃1986

시 9수의 마을

아름다운 가을밤이
흘러간 옛정을 떠올려 준다
따뜻한 땅에 앉아
곡식과 물의 친구가 되어 준다
흘러간 옛 시 9수가
아름다운 가을의 아홉 마을처럼
옛정을 떠올려 준다

대지가 경작을 한다
묵묵히, 고향에 살고 있다
물방울, 풍작 그리고 실패처럼
내 마음 속에 살고 있다

▎1987

두 마을

평화와 정이 넘치는 마을
시의 마을
덧없이 사라진 마을 엄마
절세미인인 마을 엄마

5월의 보리밭에 백조 마을과
고독의 마을이
앞과 뒤에 자리 잡고 있다
여기는 푸슈킨과 내가 태어난 곳

마을에 바람이 불어온다
하이즈의 마을에 바람이 불어온다
마을에 불어오는 바람에는
신선함과 아득함이 묻어있다

북쪽 나라 별빛이 남쪽 나라 별자리를 비춘다
마을 엄마 품에 안긴 푸슈킨과 나
처녀와 물고기 떼의 시인이 빗방울 속에 조용히

잠들어 있다
빗방울이면 곧 죽을 것이다!

밤이면 바람이 세차다 마을에 불어오는 바람소리
가 들린다
마을이 조용히 앉아 있다 검은 보석처럼
두 마을이 강을 사이 두고 잠들어 있다
하이즈의 마을이 더 깊이 잠들어 있다

▌1987. 2 초고, 1987. 5 수정

해돋이

—무한히 행복한 어느 날 아침 해돋이를 보면서

어둠의 끝자락에서
태양이 나를 부축해 일으킨다
사랑하는 조국처럼 피로 얼룩진 내 몸
나는 무한히 행복한 사람이다
더는 부인하고 싶지 않다
내가 더없이 완벽하고 무한히 행복하다는 것을
내 몸의 어둠은 떠오르는 태양으로 해소되었다
더는 부인하지 않으련다, 천당과 국가의 장려한
경치와
그녀의 존재를…… 어둠의 끝자락에서!

▌1987. 8. 30 취한 날 아침

87

시인 에세닌(연작시)

1. 탄생

반짝이는 별빛
들꽃이 피어 있는 마을
출렁이는 호수
들꽃!
시인을 낳았다

호수가 임신을 했다
임신을 했다
꽃봉오리 한 쌍
들꽃의 작은 손이 임신해서
시인 에세닌을 낳았다

들꽃 마을은 캄캄하다
인적이 없는 것처럼
들꽃, 우리 마을 공주
괴로운 북쪽 나라에 안주하여

시인을 낳았다

어느 집 창문에
등불이 밝게 빛나고 있다
들꽃이다, 조용히 타오르는 등불이
흙으로 만든 등대에 앉아
시인 에세닌을 낳았다

2. 시골의 구름

시골의 구름과
고향
너희는
물에 떠 있는 두 아이

구름의 문아, 행복한 사람들을 향해 열려라
행복과
숨을 데 없는 산등성이의 슬픈 눈을 위해
열려라!

3. 소녀

소녀가
도끼와 물을 베고
조용히 잠들었다
봄날
꽃 한 송이
백사장 그리고 들판

소녀는
하느님한테서 꺾어 온
예쁜 나뭇가지

소녀
달의 말
물 두 방울
대칭을 이루는 유방

4. 시인 에세닌

나는 중국 시인
벼의 아들
차꽃의 딸
그리고 유럽 시인
아들 이름은 이태리
딸 이름은 폴란드
갖은 시련을 겪고
가난뱅이가 되었다
어제는 유랑하다가
페르시아 술집까지 왔다
다른 사람들은 나를
시인 에세닌이라 부른다
방랑자 에세닌
에세닌
러시아의 입술
랴잔의 지붕
황혼의 얼굴

농민의 마음
농민의 마음이
주막에 앉아 있다
술 방울 속에 앉아 있다
물 방울 속에 앉아 있다
피 방울 속에 앉아 있다
학이 날아갔다
책상을 옮겨 갔다
시체를 옮겨 갔다
우울한 시인이 방안에 앉아 있다
시인 에세닌은 아직 그 자리에 앉아 있다
에세닌은
미처 몰랐다
이 대지에 봄이 다시 찾아오리라는 것을
대지는 내가 사후에 사랑한 여인
대지여
아름다운 당신
추악한 나

시인 에세닌이
이 땅에
부활했다

5. 옥수수 밭

미풍이 작은 산언덕에 불어온다
하나같이 작고 말라 있는 옥수수

물을 준다 작고 귀엽고 가냘픈 잎새
저쪽에서 백양나무 잎새가 팔랑인다
태양이 멀리서 타올라
텅 빈 산골짜기로 떨어진다

나뭇잎은 신들에게서 따온 총과 결혼침대
원형 방패엔 이름 모르는 문자들이 새겨져 있다

6. 취해서 고향 땅에 누워

밤에 취해서 고향 땅에 누워 있다
푸른 달빛 아래
내가 비상하고 있다
심장이, 눈부시게 빛나는 별이
취해서 땅에 누워 있다, 왕관을 쓰고
오월의 보리밭을 이고
흔들리는 고향의 지붕과
별 하늘을 이고, 취해서 땅에 누워 있다!
대지여, 네가 나보다 먼저 취했구나
우수에 찬 얼굴을 보니 나보다 먼저 취했구나
내가 부축해줄게
대지야!

취했다
나는 취했다
산을 형제, 물을 자매, 술을 애인이라 부른다
밤잠 못 이루고, 있는 꽃 못 다는

이 고충을 하소연할 데가 없다
머리로 부딪치는 수밖에 없다
노을빛이 주위 지붕을 두루 비친다
내 발은 고향길에 서면 지인의 발이 된다
황혼 무렵까지 헤매다가 남쪽나라 별자리가 되어
두 손으로 춤추며, 쉼없이 중얼거린다
나는 비상하고 있다
빠르게 그리고 정겹게
비상하는 것은 나의 심장
내 몸속에 안주하려 한다
고향, 이름 하나
구절 하나
아름다운 시행
밤에 취해서 고향땅에 누워 있다

7. 방랑자의 여정

나는 방랑자
출렁이는 파도 모자를 쓰고 있다

떠다니는 지붕을 이고 있다
등불이 날 불어 꼈다
고향이 날 내쫓아
이 술집, 이 도시에 와 있다

나는 본래 농민의 자손
나는 원래
안개 걷힌 시골 강가의
젊은 선생님이 됐어야 했다
도회지에서 사범대학 졸업 후
여명 속에서
순박한 시골 소녀와
사랑에 빠졌다
그런데 난 왜
이 술집, 이 도시에
와 있는 걸까

어미 소랑 강아지랑

루시아 천국에 머문 적 있고
고향 언덕에서
어떤 벙어리랑
노래 주고받은 적 있고
20년 동안 묵묵히
너와 어머니, 그리고 외조부를 사랑했다 해도
이 주막에 와 있겠지—러시아 선박의 아래층에서
술잔을 기울이며 흐느끼고 있겠지
불행하고 흉악한 사람들을 위해
방탕하고 미친 시를 읊고 있겠지

고향에 돌아가련다
머리에 꽃 가득 꽂고 고향에 돌아가련다
고향 하늘 아래서
침묵을 지키거나 큰 소리로 이야기하고 싶다
고향의 꽃을 머리에 가득 꽂고 싶다

8. 절명

이 시각 아름다운 작은 읍
달단메밀 향기
헤어지자고 말하자
다른 에세닌과, 두 손 꼭 부여잡고

촛불을 붙였다, 옛 시들을 태워 버리고
헤어지자고 말하자
소녀 머리를 땋아줬던 열 손가락을 벌려
5월의 보리싹 같은 머리카락을 살포시 물었다

다른 에세닌과 헤어졌다
뱀가죽을 벗겨 북 막면을 만들었던 인간의 손으로
자살했다, 아름다운 노래의 신기한 북면을 위해
뱀가죽북아, 지금쯤 넌 마을의 눈물초롱이 되어
있겠구나

헤어지자고 말하자, 나를 묻을 열 손가락을 펴고

스스로를 시 속에 묻어 버렸다
이 시각 아름다운 작은 읍엔
달단메밀 향기가 없을 테지

9. 천재
가벼운 천둥이 지나간 바람에
백양나무 가지가 흔들린다
황혼 무렵
천재의 운명을 떠올린다

이 시각 반 고흐와 한파가 떠오른다
이 운명의 천재들은
아무 말도 없다
마음이 평화롭다

그 사람들은
달 속에 서서 머리를 살래살래 흔든다
손에는 횃불을 들고, 허리에는 밀가루 주머니를

둘렀다
마음이 평화롭다

어둠이 짙어간다
영원히 돌아오지 않을 사람이여
한적하고 적막한 타작마당에
세 자매의 간절한 만류로 남겨졌다

괴로운 천재들
참기 힘든 기아와 갈증
물이 말라버린 강
바닥이 난 밀가루 주머니

가벼운 천둥이 지나간 바람에
죽은 이의 신발이, 움직이고 있다
차바퀴처럼, 운명처럼
곡물과 눈 먼 흙이 가득 묻어 있다

▌1986. 2~1987. 5

긴 머리 찰랑대는 아가씨(5월의 노래)

장미가 졌다, 장미가 졌다
일찍 시집간 자매들처럼 떠돈다, 사방을 떠돈다
빨간 누나, 하얀 누이
대지와 물이 그녀들을 남겼다, 없애버렸다
왜 쓸쓸히 사라져 영원히 침묵을 지키는 걸까?
자매들아, 이야기해다오
영원한 침묵의 가슴 아픈 사연을

긴 머리 찰랑대는 검은 눈동자의 아가씨
내 누나도, 누이 같지도 않구나
일찍 시집간 자매들과 달리 돌아오지 않는구나

지금 거리 한쪽 모퉁이에 앉아
널 위해 노래 부른다, 오곡이 무르익은 마을을 멀
리 떠나왔다

▌1987. 5

밤, 사랑하는 친구

어느 숲에서 술병을 기울였니
눈물로 술을 마시면서, 어느 숲에 친인을 묻었니

어느 강가에서 제일 고독했니
텅 빈 방으로 이사했을 때 외로워서 불을 켰니

어느 계절에 제일 쓸쓸했니
엉성한 광주리는 내려놓았니

망망한 대지, 조잘조잘 흐르는 강물
누가 널 위해 불 밝혀 주었니

어느 마차가 널 태우고 갔니, 멀리
저 멀리, 돌아오지 않는 너, 어느 마차니

▮1987. 5. 20 황혼

하이쿠

1. 강물

망령이 노니는 강이
예전엔 얼마나 무서웠는지
너한테만 이야기한다

2. 왕위에 있는 시인

아직 양가죽을 벗기지 못했다 횃불을 들고
아직 소녀와 어머니의 예쁜 몸을 벗기지 못했다

3. 보리타작하는 황혼, 보리타작하는 늙은이

배나무에
저녁노을이 살고 있다

4. 초원의 죽음

흰 밤이 기지개를 켠다
내 얼굴은 순결한 누나 같다

5. 티베트

우리의 산으로 돌아가자
황량한 고원의 신들의 불빛

6. 이태리 문예부흥

우리가 일하는 시간
친구들은 모두 채석장에서 왔다

7. 바람이 분다

망망한 강에 백조 마을의 신기한 문이 닫혀 있다

8. 황혼

이 시각 종적을 감췄던 사람이 갑자기 나타났다
신비와 슬픔에 젖은 말이 나무 아래 서 있다

9. 시의 황제

사람들이 강가에 모여 목청껏 노래 부를 때

나는 홀로 텅 빈 산으로 쓸쓸히 돌아간다

▌1987

5월의 보리밭

전 세계 형제들이
보리밭에서 포옹한다
동방, 남방, 북방, 서방
보리밭의 4형제, 의좋은 형제
옛날을 회고하며
각자의 시를 읊는다
보리밭에서 포옹한다

때론 쓸쓸히 홀로 앉아
5월의 보리밭에서 형제들을 떠올린다
조약돌이 널려 있는 고향의 모래톱
호형 하늘이 간직한 황혼
대지가 품고 있는 슬픈 마을
때론 쓸쓸히 보리밭에 홀로 앉아 형제들을 위해
중국시를 읊는다
눈도 없고 입술도 없다

▌1987. 5

보리밭과 시인

물음

푸른 보리밭에서 뛰놀고 있다
눈빛과 햇빛이

시인이여, 당신은 갚을 힘이 없다
보리밭과 빛의 정을

소망과
선량함을
당신은 갚을 힘이 없다

당신은 갚을 힘이 없다
눈부신 별이
머리 위에서 쓸쓸히 타고 있다

대답

보리밭아
다른 사람들은 네가
따뜻하고 아름답다는구나
나는 너의 괴로운 질문의 중심에서
            너에게 화상을 입었다
나는 태양 아래 서 있다 슬픈 햇빛

보리밭
신비한 질문자여

괴로운 얼굴로 당신 앞에 서면
가진 게 없다고 구박하진 않겠지
빈털터리라고 비난하진 않겠지

보리밭아, 인류의 고통은
그가 내뿜는 시와 빛이다!

▌1987

행복한 하루
─가을의 마가목에게

나는 새로운 하루를 무한히 사랑한다
오늘의 태양과 말과 마가목이
건강하고 풍족한 삶을 영위할 수 있게 해준다

여명에서 황혼까지
햇빛이 가득하다
지난날의 모든 시를 능가한다
행복이 찾아와
이야기한다 : "이 시인 좀 보게나
나보다 더 행복하구려"

나를 쪼갠 가을에
나의 뼈를 쪼갠 가을에
사랑한다, 마가목아

1987

고향을 재건하다

물에서 지혜를 버렸다
먼 하늘을 쳐다보지 않았다
생존을 위해 흘린 굴욕의 눈물로
고향땅을 적셨다

생존에는 통찰이 필요 없다
대지가 스스로 드러낸다
행복과 고통으로
고향 지붕을 고쳤다

묵념과 지혜를 포기했다
보리알을 가져올 수 없으면
성실한 대지 앞에서
침묵과 너의 어두운 본성을 지켜다오

밥 짓는 연기가 바람에 날린다
과수원이 곁에서 조용히 속삭인다
"두 손으로 열심히 일하라
    마음의 위안을 얻으라"

❙ 1987

가을

땅에 널려 있는 우리의 해골로
백사장에 썼다 : 청춘. 늙은 아버님을 업었다
세월은 길고 방향은 끊겼다
우리 시는 본능적 공포로 채워졌다

누구의 음성이 깊은 가을밤에 오래 울려 퍼질까
땅에 널려 있는 우리의 해골을 덮으며
가을이 찾아왔다
추호의 용서도 인정도 없는 가을이 찾아왔다

▌1987. 8

가을

가을이 깊어간다, 매들이 신의 집에 모여 있다
매들이 신의 고향에서 이야기하고 있다
가을이 깊어간다, 임금이 시를 쓰고 있다
이 세상 가을이 깊어졌다
얻어야 할 것들은 아직 얻지 못했는데
잃어야 할 것들은 벌써 잃었다

▌1987

조국(혹은 꿈을 말로 삼아)

먼 곳의 충직한 아들이 되련다
물질과 잠깐 사귀었던 연인과
꿈을 말로 삼는 모든 시인들처럼
열사 그리고 어릿광대와 같은 길을 갈 수밖에 없
었다

모두들 불을 끄려 한다 나만 홀로 불을 높이 추
켜들었다
이 불은 크다, 피었던 꽃이 신성한 조국땅에 떨어
진다
꿈을 말로 삼는 모든 시인들처럼
이 불로 인생의 어두운 밤을 헤쳐 나가야겠다

이 불은 크다, 조국의 언어와 돌로 쌓아 올린 양
산성의 방책
꿈을 중히 여기는 돈황, 7월에도 추위에 떠는 뼈
눈처럼 하얀 장작과 단단한 눈 줄기가 신들의
산에 놓여 있다

꿈을 말로 삼는 모든 시인들처럼
이 불 속에 뛰어들었다, 나를 가두는 이 세 등잔
이 빛을 토하고 있다

모두들 내가 칼날을 지나 조국의 언어를 구축하
기를 바란다
모든 것을 새롭게 시작하고 싶다
꿈을 말로 삼는 모든 시인들처럼
감옥에 안주하고 싶다

신의 창조물 속에 나만 쉽게 늙어 간다, 거부할
수 없는 죽음의 속도
내 사랑은 곡식뿐, 그녀를 안았다 꼭 그러안았다
고향에서 아들딸 낳았다
꿈을 말로 삼는 모든 시인들처럼
주변의 높은 산에 묻혀 아늑한 고향을 지키련다

강을 마주하고 서있으면 부끄러워진다

허송세월하는 동안 남겨진 건 온몸의 피로뿐
꿈을 말로 삼는 모든 시인들처럼
세월은 잘도 흘러간다, 한 방울도 남지 않았다
물방울 속의 말 한 마리가 이 세상을 떠났다

천 년이 흘러 조국의 강가에 부활해
다시 중국의 논밭과 주나라 설산을 소유하고
천마를 하사 받게 된다면
꿈을 말로 삼는 모든 시인들처럼
영원한 사업을 선택하리라

나의 사업은 태양처럼 일생을 사는 것
예로부터 지금까지 - "태양" -, 무한히 눈부시고
무한히 빛난다
꿈을 말로 삼는 모든 시인들처럼
나도 언젠가는 황혼의 신에게 받들려 영원한 태
양 속에 들어가겠지

태양은 나의 이름
태양은 나의 일생
태양산 정상에 시의 시체를 묻었다—천 년 왕
국과 나
오천년 봉황과 이름이 '말'인 용을 타고—나는 틀
림없이 실패하겠지
그러나 시는 태양이 있어 꼭 승리할 것이다

▌1987

북쪽을 바라보며

난 왜 바닷가에서 너를 떠올렸을까
불행하고 아름다운 사람, 나의 운명적 사랑
너를 떠올리며 바위에 창문을 뚫는다
반짝이는 북두칠성을 바라본다
북쪽과 북쪽의 칠 공주를 바라본다
7월의 바다에 별빛이 흐른다

난 왜 도끼로 물을 마실까, 피를 물처럼 마신다
뜨거운 입술로 바라본다
머리의 붉은 입술로 북쪽을 바라본다
두 눈이 실명되어서일까

나는 두 눈이 실명된 시인
7월의 첫 며칠 동안
너를 떠올렸다, 오늘밤 텅 빈 이 거리를 끝까지
달리고 싶다
내일, 내일 일어나면 새 사람이 되련다
우주의 아들, 세기의 아들이 되고 싶다

청춘을 낭비하고
사랑의 왕권을 포기하고
　냉정한 선장이 되련다

떠들썩한 도시들을 다녀 봐도
뭘 기대하기는 어렵다
그 첫 7월, 영원한 7월 외에는
7월은 황금의 계절이다
가난한 사람들이 항구에서 품삯 받을 때
7월이 날 맴돈다, 나를 사랑하는 고독한 저 뱀처럼
─그녀는 괴롭고 씁쓸한 바닷물 속에서 일생을
살아가겠지

▎1987. 7 초고, 1988. 3 수정

4자매

황량한 산언덕에 4자매가 서 있다
온갖 바람이 그녀들에게만 불어친다
모든 날들이 그녀들을 위해 산산조각이 났다

공기 속의 보리 한 알을
머리 위로 높이 들어올렸다
잡초가 우거진 산언덕에 머물러 있다
휑뎅그레한 내 방이 그립다, 먼지가 쌓여 있다

내가 사랑했던 어리석은 4자매
반짝반짝 빛나는 4자매
밤이면 책과 신주대륙을 베고
푸른 세상의 4자매를 떠올렸다
내가 사랑했던 어리석은 4자매
사랑하는 나를 위해 쓴 시 네 수 같은 4자매
나의 아름다운 동반자 4자매
운명의 여신보다 한 명 더 많다
아름답고 창백한 젖소를 몰고 달 모양의 산봉우
리를 향해 나아간다

2월이 되었다, 넌 어디서 왔니
봄하늘에 천둥이 지나갔다, 넌 어디서 왔니
낯선 이와 같이 오지 않고
물건 운송 마차와 같이 오지 않고
새떼와 같이 오지 않고

4자매는 공기 속의
보리 한 알을 안고 있다
어제의 큰 눈과 오늘의 빗물
내일의 곡식과 잿더미를 안고 있다
절망의 보리알
4자매에게 알려 주렴, 이는 절망의 보리알이라고
영원히 그러하다
바람 뒤는 바람이고
하늘 위는 하늘이고
길 앞쪽은 역시 길이다

▌1987. 2. 23

봄, 열 명의 하이즈

봄날, 열 명의 하이즈가 모두 부활했다
눈부신 경치 속에
야만적이고 슬픈 이 하이즈를 비웃는다
넌 왜 그렇게 오래 잠들어 있는 거니?

봄날, 열 명의 하이즈가 나지막이 울부짖는다
너와 나를 에워싸고 춤추고 노래한다
너의 검은 머리를 잡아당겨 헝클어 놓고, 너를 타
고 질주한다, 먼지가 흩날린다
찢기는 당신의 아픔이 대지를 메운다

봄날, 야만적이고 슬픈 하이즈
하나밖에 남지 않았다, 마지막 하나다
밤의 아이, 겨울에 심취하여, 죽음을 동경한다
스스로 헤어날 수가 없다, 텅 빈, 추운 시골을 사
랑한다

곡식이 높이 쌓여 창문을 가렸다

반은 여섯 식구의 허기진 배를 달래는데 쓰고
나머지 반은 농작과 번식에 쓴다
바람이 동쪽에서 서쪽으로, 북쪽에서 남쪽으로
불어친다, 흑야와 여명을 무시한 채
너에게 서광은 무슨 의미니?

▌1989. 3. 14 새벽 3시~4시

야경

야경 속
세 차례 수난 : 유랑, 사랑, 생존
세 가지 행복 : 시, 왕위, 태양

1988. 2. 28 밤

2행시

1
바닷물이 밝혀준다
죽어가는 내 머리를

2
나는 황혼이 안치해 놓은 영혼의 침대 : 타이어에
묻어 있는 창피한 내 모습
낙조에 물든 강물이 피의 파도처럼 밀려온다

3
바람이 일기 시작한다
태양의 음악, 태양의 말

4
먼 설산에 둘러싸인 친척들 속에서
그를 위해 과일을 그린다, 유방을 그린다

5
질병 중 알코올은
한 쌍의 검은 눈

6
실명한 여동생은 손가락이 6개
호메로스의 품에 안겨 있다

7
고요는 무한히 사랑한다
번개 속의 사냥꾼을

4행시

1. 그리움

이 시각 바람처럼
갑자기 몰려온다
너를 안고
술잔 속에 앉아 있다

2. 별

초원의 눈물 한 방울에는
모든 분노와 굴욕이 모여 있다
눈물, 모으고 모아도
한 방울뿐이다

3. 흐느낌

백조가 검은 내 머리카락처럼 호수에서 타오른다
너를 내 고향으로 데려가련다
두 천사가 슬픈 노래를 목청껏 부르며
고향의 지붕에 고통스럽게 부둥켜안고 있다

4. 기러기

푸르른 초원의
예쁜 아가씨
달빛이 비치는 곳에서
되뇌고 있다, 잘 사세요, 사랑하는 이

5.*

강도가 유언을 남기고
깊은 밤 홀로 앉아 있다, 지옥을 과수원 삼아
달빛이 강도의 말을 비친다
눈물을 흘린다

6. 하이륜

맹인 시인 호메로스가
꿈에 딸을 얻었다
그녀가 보인다. 컵을 들고 있다
우리의 눈으로 그의 앞에 서 있다

* 저자가 소제목을 달지 않았음.

아가위나무

오늘 밤 널 만나진 않겠지
오늘 밤 이 세상 모든 걸 만나도
널 만나지는 않겠지

여름철 마지막
붉은 아가위나무
높고 큰 여신의 자전거 같다
뭇 산이 두려워 문어귀에
멍하니 서 있는 여자애 같다
그녀는 나를 향해
달려오지 않을 것이다!

황혼 속을 걸었다
바람이 아득한 평원에 불듯이
황혼 속에 고독한 나무줄기를 안고 있다
아가위나무! 언뜻 눈가에 스쳐간다! 아가위

동틀 무렵까지 너의 붉은 유방 아래 앉아 있다

작고 예쁜 아가위의 유방
높고 큰 여신의 자전거에서
농노의 손에서
밤이면 꺼진다

1988. 6. 8~10

일기

누나, 오늘밤 나는 득령하에 있다, 어둠이 깃든다
누나, 오늘밤 나에게는 자갈사막뿐이다

초원의 끝자락, 가진 건 아무 것도 없다
슬플 때도 눈물 한 방울 나오지 않는다
누나, 오늘밤 나는 득령하에 있다
빗속의 황량한 성

지나가는 행인과 거주민 말고는
득령하…… 오늘밤
유일한, 마지막, 서정
유일한, 마지막, 초원

바위를 바위에게 돌려주었다
승리의 승리를 양보했다
오늘밤 쌀보리는 그녀의 것
모든 것이 자라고 있다
오늘밤 나에게는 아름다운 자갈사막뿐, 텅텅

비어 있다
누나, 오늘밤 인류에게 관심이 없다, 누나가 그립
다

　‖ 1988. 7. 25 기차를 타고 득령하를 지나면서

서사시
—어떤 민간 이야기

어떤 사람이 깊은 밤에 숙박하러 왔다
생기가 전혀 없는
살풍경한 여관
도심에서 멀리 떨어져 있었다

이곳의 유일한 소리는
교회당 종소리
그리고 이 도시를
흘러 지나는 강물 소리

물소리는 때로는 요란하고
때로는 조용했다 선상 가옥에서 소리가 들려왔다
그곳은 가난한 어부네 집이었다
매일 죽어가는 물고기와 새우를 잡아 생계를 이
어가고 있었다

그 사람은 여관에 이르러
초인종을 눌렀다

고장난 초인종
아무 소리도 나지 않았다, 고요가 깃들었다

그 사람은 등의 짐을 내려놓고
큰 소리로 세 번 불렀다
안에서 주인이 걸어 나왔다
검은 색 옷차림이 유령을 방불케 했다.

그 유령은 손에 촛불을 들고 있었는데
말을 똑똑히 하지 못했다
"손님, 숙박하시렵니까?
우리 여관은 오랫동안 비어 있었습니다."

손님이 되물었다 : "왜요?
이곳은 왜 오랫동안 손님이 묵지 않았습니까?"
주인이 대답했다 : "너무 외진 탓이겠죠.
게다가 여기는 안전하지도 않고요."

"괜찮습니다.", 손님은 혈기가 왕성하고
목소리도 우렁찼다. 목소리만으로도 젊은이임을
알 수 있었다
"주인님, 빨리 밥 좀 해주십시오.
오늘밤 일찍 쉬고 싶습니다."

주인이 눈을 깜박이며
손님을 안으로 안내했다
방은 어두컴컴하고 허름했다
강물의 파도 소리가 들려왔다

강에서 불어오는 바람에
주인이 들고 있던 촛불이 꺼졌다
주인이 안쪽으로 들어가고
손님 홀로 어둠 속에 남겨졌다

캄캄해서 지척을 분간할 수 없었다
기다리고 기다렸지만

주인은 나타나지 않았다
손님이 큰 소리로 불렀다 : "주인님, 주인님."

하지만 대답이 없었다
손님은 어둠을 더듬으며 안쪽으로 들어갔다
쓰러질 듯 비틀거렸다
방안은 지저분하고 캄캄했다

방안에서 무슨 소리가 들려왔다
손님은 창턱에서 등잔 하나를 발견했다
들고 흔들어 보니 등잔에는 기름이 없었다
손님은 등잔을 제자리에 올려놓았다

손님은 창문을 열어젖혔다
강물 냄새가 코를 찔렀다
손님은 넋을 잃고
멍하니 서 있었다

마음이 편치 않았다
강에 떠 있는 어선들의 흐릿한 불빛이
어두운 방안에 반사되어 들어왔다
방의 윤곽이 드러났다

방에는 침대 외에
아무 것도 없었다
방금 전 비틀거리면서
깨뜨렸던 것들은 도대체 무엇이었을까

귀신? 유령?
머리카락이 곤두섰다
방금 전 안정을 찾았던 심장이
다시 세차게 방망이질했다

침대에 걸터앉았다
무서운 이야기가 떠올라
옷도 벗지 않고

눅눅한 이불 속으로 기어들어갔다

짐이 꽝당 하고
땅에 떨어졌다
고요 속에서
유난히 크게 들렸다

잠이 오지 않았다
밤이 깊어지니 물소리가 작아졌다
아무 소리도 들리지 않았다
그래도 잠들 수가 없었다

이리 뒤척 저리 뒤척
공포스런
환영과 소리뿐
이때 아이의 날카로운 목소리가 들렸다

한밤중에 들려오는 아이 목소리는

쓸쓸한 묘지에
울려 퍼지는 새의 비명소리 같았다
아이의 외침 소리가 또렷이 들렸다

"외삼촌, 외삼촌, 들여보내 주세요."
"외삼촌, 외삼촌, 들여보내 주세요."
"문 열어주세요, 외삼촌."
"문 좀 열어주세요, 문 좀 열어주세요."

그때 노크소리가 들려 왔다
손님은 급히 몸을 일으켜
문을 열었다
밖에는 아무도 없었다

다시 자리에 누웠으나
도무지 잠들 수가 없었다
아이 목소리가 다시 들려왔다
"외삼촌, 외삼촌, 문 좀 열어주세요."

소리는 점점 처절해졌다
손님은
온몸에 식은땀이 쫙 흘렀다
이불을 머리까지 뒤집어썼다

소리는 더 자지러졌다
칼날로 귀를 찌르는 듯 했다
아이가
귓가에서 비명을 지르는 듯 했다

문을 벌컥 열어젖혔다
아무도 없었다
손님은 자신의 귀를 의심하며
문을 닫았다

소리가 또 들려왔다
조금 전 목소리였다
손님은 벌떡 일어나 부들부들 떨면서

방안을 둘러보았다

강의 등불이 줄어
불빛이 희미해졌지만
윤곽은 어슴푸레 보였다
방에는 침대밖에 없었다

가슴이 조여왔다
침대 밑에 뭔가 있나 싶어
침대 밑을 더듬었다
역시 아무 것도 없었다

소리가 다시 들려왔다
더 격렬하게, 손을
빼려는 순간, 이상한 느낌이 들었다
침대 밑에 사람이 있었다

피가 멎었다

심장이 박동을 멈췄다
소리 나는 쪽을 더듬어 보니
침대 밑에 어떤 사람이 묶여 있었다

너무 놀라 비명도 못 지르고
부들부들 떨면서 손을 빼냈다
손님은 칼을 꺼내어, 잘라 버렸다
사람이 묶여 있는 그 밧줄을

손님은 그 사람을 끌어내어
방 한가운데 놓아두었다
그 사람의 주머니에는 촛불과
성냥개비가 들어 있었다

손님은 그 짧은 초에 불을 붙였다
촛불에 비춰 보니 여관 주인이었다
그는 이미 죽어 있었다. 보아하니
죽은 지 며칠 되는 거 같았다

시체가 손님의 방에 누워 있었다
죽은 지 며칠이나 지난 이 시체가
방금 전에 손님을 방으로 안내했고
다시 침대 밑에 묶여 있었다

손님 이마에는 식은땀이 송골송골 맺혔다
온몸이 흠뻑 젖었다
손님이 기절하기 직전에
촛불도 이미 꺼져 있었다

▎1989. 1. 17

머나먼 여정

— 89년 초에 내린 눈에 바치는 14행

내 등잔과 술항아리에 먼지가 가득하다
그러나 머나먼 여정은 깨끗하다
정월 초이레날 함박눈을 맞으며 서 있다, 4년 전
모습으로
나는 먼지를 뒤집어 쓴 채 이곳에 서 있다, 4년
세월이 하루 같다, 변한 건 아무 것도 없다
눈 때문에 방안이 더 어두워졌다, 내일 날이 개면
눈부신 햇살에 눈이 부신다, 눈밭을 마주하면 부
끄럽다
쓸쓸한 검은 눈동자가 가슴속 깊은 곳까지 함박
눈이 내려주기를 기대하고 있다

눈밭의 나무는 검다, 하늘을 날아 지나는 새무리
처럼 검다
그때 넌 즐겁고, 우울하고, 혼란스러웠지
오늘 함박눈은 나를 위해 내린다, 내 추악함을 비
춰준다
나는 텅 비어있는 삽이다

텅텅 비어 먼지조차 없다
함박눈이 펑펑 쏟아지고 있다
먼 곳은 바로 이런 것, 내가 서 있는 곳

▌1989. 1. 7

꽃 피는 화창한 봄날,
바다를 마주하고 서서

내일부터는 행복한 사람이 되어야지
말 키우고, 장작 패고, 세상 구경도 하리라
내일부터는 양식과 야채에도 관심을 가지리라
내가 소유하고 있는 집 한 채, 꽃 피는 화창한 봄
날 바다를 마주하고 있다

내일부터는 가족친지들에게 소식을 전해야지
그들에게 내 행복을 알리리라
행복의 깨우침이 나에게 가르쳐 준 것들을
모든 이들에게 전해주리라

모든 강과 산에게 따뜻한 이름을 지어주리라
낯선 이여, 나도 그대를 위해 축복하리라
그대에게 찬란한 내일이 있기를
그대의 사랑이 이루어지기를
그대가 속세에서 행복하기를

나는 꽃 피는 화창한 봄날 바다를 마주하고 서
있을 수 있기만을 바랄 뿐이다

여명 2

하늘과 대지를 깨끗이 청소해
낯선 이에게 돌려주었다
쓸쓸히, 침울한 표정으로 기다리고 있다
이월의 눈, 이월의 비를

샘물이 헛되이 흐른다
꽃은 누굴 위해 필까
영원은 아름답고 상처로 얼룩진 보리
향기를 풍기면서, 산언덕에 서 있다

황량한 대지는 황량한 하늘의 천둥소리를 인내하
고 있다
성서 상권은 나의 날개, 무한히 빛난다
가끔 음침한 오늘 날씨 같다
성서 하권은 추악하고 즐겁다
역시 상처 입은 나의 날개
황량한 대지는 황량한 하늘의 천둥소리를 인내하
고 있다

텅 비어 있는 대지와 하늘은
상권과 하권이 합쳐 만들어진
성서, 그리고 다시 잘린 사지
진눈깨비와 눈물이 흐르는 2월

▌1989. 2. 22

태평양의 헌시

태평양, 풍작 후의 황량한 바다
태평양, 노동 후의 휴식
노동 전, 노동 중, 노동 후
태평양은 모든 노동과 휴식

망망한 태평양은 혼탁하면서 맑다
망망한 바닷물은 노동 그리고
세계와 하나가 되었다
태평양은 세계의 베개
태평양은 인류의 베개, 거센 폭풍우가 몰아친다
하나님이 태평양에 머문 세월은 망망대해의 은밀
한 희망

부모 잃은 태평양이 눈부신 태양 아래 반짝이면
서 도도히 흐른다,
태평양은 하나님처럼 모든 걸 알고 있다, 눈가에
이슬이 맺힌다

눈물의 딸, 나의 애인
오늘의 태평양은 예전의 바다가 아니다
오늘의 태평양은 날 위해 흐르고, 날 위해 반짝인다
나의 태양이 하늘 높이 떠올라 가없는 태평양을
두루 비춘다

▌1989. 2. 2

흑야의 헌시
—흑야의 딸에게 삼가 드린다

흑야가 대지에서 떠올라
밝은 하늘을 가렸다
풍작 후의 황량한 대지
그 속에서 흑야가 떠오른다

넌 먼 곳에서 왔고 난 먼 곳으로 떠난다
긴 여정 도중 여기를 지난다
빈털터리 하늘이
왜 위안이 될까

풍작 후의 황량한 대지
사람들이 일 년의 수확을 가져갔다
곡식도 말도 다 가져가 버렸다
밭에 남아 있는 사람들은, 깊이 빠져 있다

갈퀴가 반짝반짝 빛난다, 짚은 불 속에 쌓여 있고
벼는 캄캄한 곡물창고에 쌓여 있다

곡물창고 안은 너무 어둡고 너무 고요하고 너무
풍성하다
그리고 너무 황량하다, 나는 풍작 속에서 염라대
왕의 눈을 보았다

검은 빗방울 같은 새무리
황혼에서 흑야로 날아든다
빈털터리 흑야가
왜 위안이 될까

길을 걷고 있다
목청껏 노래 부른다
바람이 산언덕을 지난다
위는 가없는 하늘

┃1989. 2. 2

1964년 3월 24일 안후이성[安徽省] 화이닝현[怀宁縣] 까오허쩐[高
河鎭] 차완촌[査湾村]에서 출생.

1968년 '모택동어록' 외우기 대회에 참가하여 우승.

1969년 차완촌초등학교에 입학.

1974년 초등학교 졸업, 까오허[高河]중등학교에 입학.

1977년 중등학교 졸업, 까오허고등학교에 입학.

1979년 베이징대학교 법대 입학.

1982년 시가 창작 시작.

1983년 베이징대학교 졸업, 중국정법대학교 교내간행물 편집
으로 배치 받음.

1984년 9월 중국정법대학교 철학학부로 발령 받음.
창평에 있는 교직원기숙사로 이주.
장시 『강』, 『전설』을 창작.

1985년 처음으로 하이즈라는 필명으로 단시 「구릿빛 아시아」
를 발표.
장시 『그러나 물, 물』을 창작.
장시 『태양』 구상 완성.

1986년 제1차 티베트행.

　　"중국당대신시조시가11인연구회"에 가입, 『태양·단두편(斷頭篇)』 및 『태양·토지편』 일부 창작.

1987년 『태양·대찰살(大札撒, 몽골어로 명령이라는 뜻)』 창작.

1988년 제2차 티베트행, 장시 『태양·시(弒)』와 『태양·아버지의 착한 딸』 창작.

1989년 3월 26일 산해관(山海關)에서 자살.

2001년 '인민문학시가상(人民文學詩歌奬)' 수여.

2008년 8월에 현급(縣級) 중점 문화유산으로 지정.

| 옮긴이의 말 |

　20세기 80년대 후기 중국 신시파의 대표적 시인으로 손꼽
히는 하이즈는 중국 시문학사에서 독특한 지위를 차지하고
있다. 하이즈는 1983년~1989년에 이르는 짧은 7년의 창작
생애를 통하여 무려 200만자에 달하는 작품을 창작하였다.
하이즈의 시는 몽롱파 이후 중국 현대시의 새로운 출발을 의
미하며 그의 시론은 중국 시가문화의 중요한 구성부분이다.

　80년대를 전후로 활발하게 활동하던 몽롱시파의 퇴조 이
후 그동안 소란스러웠던 중국 시단은 경제의 도약과 대중소
비문화의 빠른 발전으로 문학에 대한 관심이 크게 줄어들면
서 잠잠해지기 시작했다. 1980년대 중국시단이 몽롱시대를
거치고 제3세대의 사조를 형성하던 길목에 서 있을 때 하이
즈는 혜성처럼 등장하여 현실적이고 사실을 추구하는 시 흐
름과는 상반된 초월적 의식세계를 추구하면서 현실과 이상
의 괴리, 물질과 정신의 충돌을 시로 그려냈다. 세속적인 물
질과 욕망의 충동에 좌우되지 않은 하이즈는 자기만의 독특
한 색깔로 개체의 행복과 이상을 추구하면서 시로써 세상을
구원하고 인생을 깨우치려는 신성한 사명감을 지니고 있었

다. 그러나 하이즈는 현실의 갖가지 문제에 대해서는 완전히 무심한 태도로 일관하였다. 하이즈는 모순된 중국 사회의 현실을 고발하거나 왜곡된 사회구조가 빚어내는 각종 문제에 관심을 갖기보다는 애써 그 같은 현실로부터 벗어나고자 하는 현실 단절적 태도를 취하고 있었다. 이렇게 하이즈는 신시기 시가의 부류 속에 있었지만 그들의 대열에서 이탈하여 자기만의 독특한 시세계를 고집했다. 천재시인이라고 불리던 하이즈는 결국 자살이라는 극단적 방법으로 생을 마감함으로써 독자들에게 실망을 안겨주었지만 시로써 사람들에게 놀라움과 경이로움을 선물하고 있다. 하이즈가 세상을 떠난 후 하이즈 신드롬이 일어 독자들의 사랑을 받게 되었고 대학교와 고등학교 교과서에까지 게재되었다. 하이즈의 모교를 비롯한 많은 대학교들에서는 아직도 매해 3월이면 하이즈 작품 낭송회를 열어 그를 기념하고 있다.

역자는 중국 현, 당대문학 강좌를 통해 하이즈의 시를 접하게 되면서부터 하이즈의 시에 깊이 매료되었다. 하이즈의 시와 하이즈에 대한 연구 자료들을 찾아 읽는 과정에 하이즈의 시에 더욱 심취하게 되었고 하이즈의 시를 한국 독자들에게 소개하고 싶다는 소박한 꿈을 지니게 되었다. 그런데 막상 번역을 하려고 보니 시 선정 문제, 저작권 문제 등 현실적인 문제에 부딪치게 되었다. 고민 끝에 베이징사범대학교 중어중문학과 교수이시며, 하이즈 시 연구 전문가이신 탄우창(譚五昌) 교수님이 편찬하신 하이즈 시선집 『面朝大海, 春

暖花開』을 번역하기로 마음먹고 교수님께 연락을 취했다. 탄우창 교수님은 좋은 중국시를 한국어로 번역하여 한국 독자들에게 소개하는 작업은 비록 고되고 힘들지만 의의 있는 일이라고 격려하시면서 흔쾌히 번역을 수락하셨다. 이 자리를 빌려 감사의 말씀을 드린다. 애써 보완하느라 했지만 역자의 수준 제한과 시간의 촉박함으로 인해 많은 아쉬움이 남는다. 전문가들과 독자들의 가르침과 비평을 바라마지 않는다.

한중 교류가 여러 분야에서 활발하게 이루어지고 있는 시점에서, 기존의 정치, 경제, 사회, 오락, 영화 부분만이 아닌 문학, 예술 방면에서도 상당한 교류가 이루어져야 한다고 생각한다. 최근 들어 한국에 유학 가는 중국 유학생이나 중국에 유학 오는 한국 유학생 수가 꾸준한 증가세를 보이고 있다. 이런 시점에서 이 번역시집이 학교 문학교재용으로도 사용될 수 있지 않을까 하는 기대를 가져본다. 그런 뜻에서 이 번역시집이 조금이나마 한국과 중국 문단과의 연계 내지는 한·중 문화교류에도 그 한몫을 맡게 되길 조심스레 바란다.

끝으로 이 번역시집이 출판되기까지 노력과 성원을 아끼지 않은 중국 강소문예출판사(江蘇文藝出版社)와 이 번역시집의 출판을 위해 관심과 노력과 열정을 기울인 글누림출판사 관계자 여러분들의 노고에 깊이 감사드린다.

2011년 11월 정동매

【지은이 / 엮은이 / 옮긴이 소개】

지은이 **하이즈**海子

1964년 3월 24일 안후이성[安徽省] 화이닝현[怀宁縣] 까오허쩐[高河鎭] 차완춘[查湾村]에서 태어났다. 본명은 차하이성[查海生]. 15세(1979년)에 베이징대학교 법대에 진학, 졸업 후, 중국정법대학 교수로 재직했다. 1989년 3월 26일 황혼 무렵에 25살의 젊은 나이에 산해관(山海關) 기차 레일에 누워 자살했다. 1983년부터 그 후 9년 동안 남긴 작품은 약 300여 수(200만자) 이상이 된다. 첫 번째 시는 「동방산맥(東方山脉)」과 「농경민족(農耕民族)」. 이에 이어서 1984년부터 「역사(歷史)」, 「용(龍)」, 「건국악기(巾幗樂器)」, 「구릿빛 아시아(亞洲銅)」 등의 작품을 썼다.

엮은이 **탄우창**譚五昌

1968년 장시성[江西省] 융신현[永新縣] 출생. 문학박사, 문학평론가.
현재 중국 베이징사범대학교 중어중문학과 교수, 중국신시연구센터 주임.
평론 및 편저 20여 편.

옮긴이 **정동매**鄭冬梅

1972년 헤이룽장성[黑龍江省] 무단장시[牡丹江市] 출생. 문학박사.
현재 중국 산동대학교 한국어학과 조교수. 평론 및 논문 10여 편.

하이즈 시선집
꽃 피는 화창한 봄날, 바다를 마주하고 서서

초판 인쇄 2011년 11월 22일
초판 발행 2011년 11월 28일

지 은 이 하이즈(海子)
엮 은 이 탄우창(譚五昌)
옮 긴 이 정동매(鄭冬梅)
펴 낸 이 최종숙
펴 낸 곳 글누림출판사

책임편집 임애정
편   집 이태곤 전희성 | **디자인** 안혜진 | **마케팅** 박태훈 안현진 | **관리** 이덕성
주   소 서울시 서초구 반포 4동 577-25 문창빌딩 2층
전   화 02-3409-2055
팩   스 02-3409-2059
홈페이지 www.geulnurim.co.kr
전자메일 nurim3888@hanmail.net
등록번호 제303-2005-000038호(등록일 2005년 10월 5일)

ISBN 978-89-6327-138-5 03820

정가 9,000원